エロゲの世界でスローライフ
~一緒に異世界転移してきた
ヤリサーの大学生たちに
追放されたので、辺境で無敵になって
真のヒロインたちとヨロシクやります~
[著] 白石 新
[イラスト] タジマ粒子
[キャラクター原案] ツタロー
Slow Life in
the World of Eroge

太公望
エリス

飯島悟
ナターシャ
アカネ

「もしかしてサトルさんは……
亜人が……
無理なのですか？」
ここまで言われては仕方ない。
と、俺は息を大きく吸い込み、
ひと呼吸置いてこう言ったのだ。

「全然無理じゃないです」

「エリス？ つまり……これはどういうことなんだ？」
俺の問いかけに、エリスは真顔になって小首を傾げた。

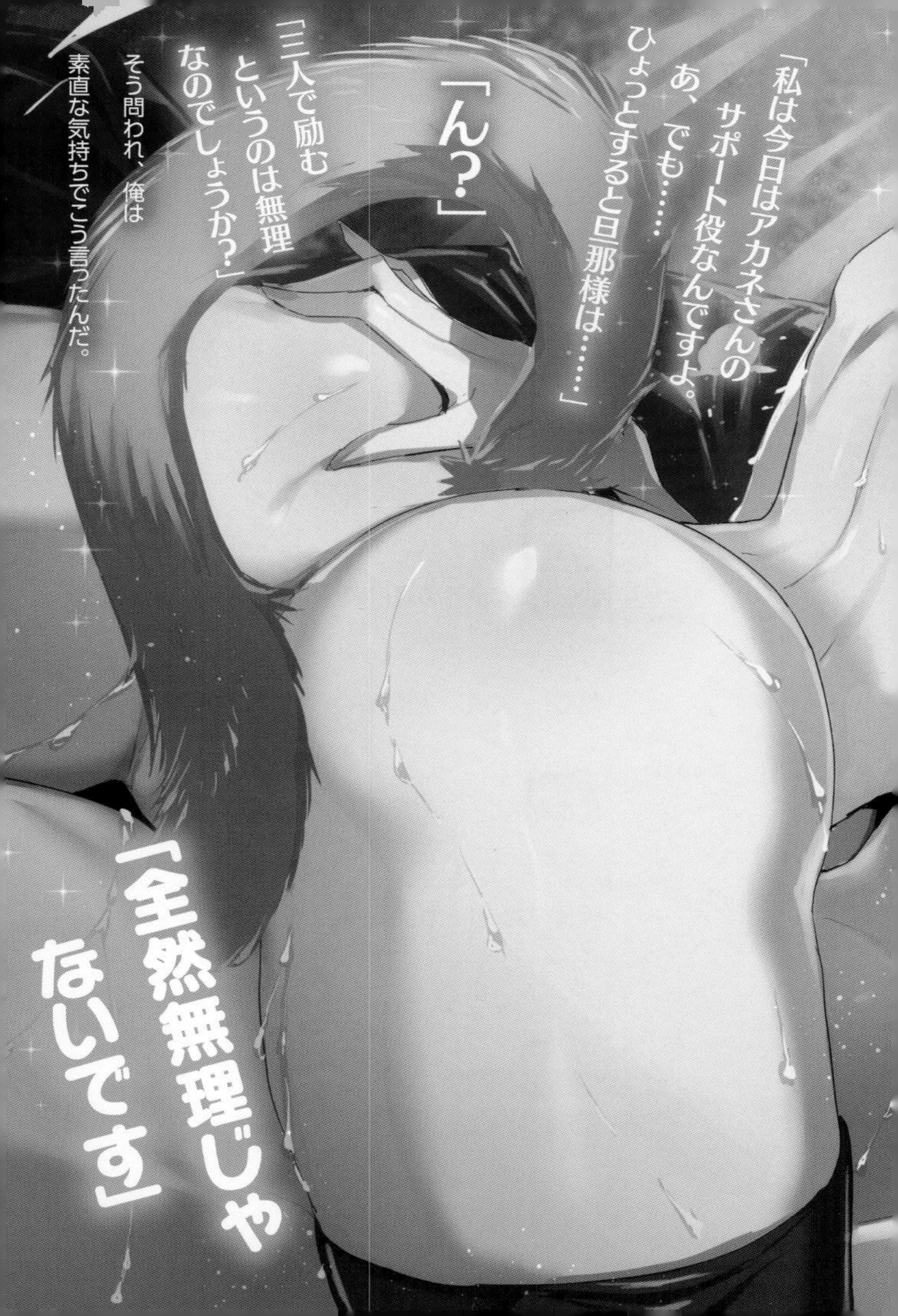
「私は今日はアカネさんのサポート役なんですよ。あ、でも……ひょっとすると旦那様は……」

「ん？」

「三人で励むというのは無理なのでしょうか？」

そう問われ、俺は素直な気持ちでこう言ったんだ。

「全然無理じゃないです」

# CONTENTS



Slow Life in
the World of Eroge

ダッシュエックス文庫

# エロゲの世界でスローライフ
~一緒に異世界転移してきたヤリサーの大学生たちに追放されたので、
辺境で無敵になって真のヒロインたちとヨロシクやります~

白石 新

# プロローグ

「テメエは追放だ！　このインポ野郎！」

そんなことを言われたのは昨日の話だ。

「恨《うら》むなら、全年齢版のインポ補正を恨むんだな！」

「お前は戦力外だ！　このクソ雑魚《ざこ》が！　インポを直してから出直してこい！」

夕暮れの森の中を彷徨《さまよ》い歩く俺の脳裏《のうり》に、ヤリサーの大学生たちの顔と罵声《ばせい》の言葉が駆け巡《めぐ》っていく。


――ここは魔獣がひしめく大森林。


装備もなければ食料もない。

せめて方位磁石があれば人里《ひとざと》へ戻ることもできるんだが……。

と、そこで遠くから白狼《ホワイトファング》の遠吠《とおぼ》えが聞こえてきた。

俺のレベルは1だ。

親愛度ボーナスも取得していない状態では、Cランク相当の魔物はあまりにも危険すぎる。

「どうしてこんなことになったんだよ……」

物音を極力立てないようにして、白狼の遠吠えとは反対の方向に歩き始める。

そして、俺は半泣きになりながら、この世界に来てからのことを思い返し始めたのだった。

☆★☆★☆★

俺の名前は飯島悟《いいじまさとる》。

日本では派遣《はけん》社員のアラサーだった。

事件が起きたのは渋谷《しぶや》の街を歩いている時だ。

その時突然、地面に幾何学文様《きかがくもんよう》の魔方陣が現れたんだよな。

そうして、お約束通りに俺は異世界転移をすることになったんだ。

「おお、よくぞ現れた伝説の勇者よ」

と、やはりお決まりのセリフと共に、俺は玉座《ぎょくざ》の間《ま》の王様の前にいたってわけだ。

そこは毛の長いフカフカの赤絨毯《じゅうたん》の部屋だった。

豪華《ごうか》な調度品が所狭しと並んでいて、甲冑《かっちゅう》を着込んだ兵士が壁際に何人も控《ひか》えていた。

そして茶髪やら金髪の大学生の不良グループっぽいのがいたんだ。

こいつらも俺と同じ境遇なんだろうか？

そんなことを思いつつ、俺は王様に質問してみた。

「どういうことなんですか？　伝説の勇者とはなんなんですか？」

「それはな――」

王様の話を聞いて、それはそれは驚いた。

というのも俺たちは異世界転移ってやつに巻き込まれたんだ。

そして驚くことにその世界はエロゲーの世界だったんだよな。


――往年の異世界ファンタジーエロゲー【フェアリーテイルプリンセス】

いわゆる馬鹿《ばか》ゲーに分類されるソレは本当に呆れるほどにアホな設定だった。
・いつもクールだけど胸部にだけ布がない、おっぱい丸出し仙人《せんにん》
・正面は普通なのに、後ろは全裸《ぜんら》のTバック女神

つまりは、ヒロインの立ち絵からしてもうアレな様子で、このゲームは終始そんな感じなのである。

んでもって、ゲームの主人公にはお約束通りにエッチをすれば強くなるというお馬鹿な設定が採用されていた。

で、王様曰《いわ》く、剣と魔法で世界の危機を救ってくれとのことだ。

もちろん強くなる方法は可能な限り王様が準備してくれるらしい。


——ヤればヤるほど強くなる。


この言葉を聞いて、女までも用意すると言われた大学生連中は「ヒャッホーイ！」と大騒ぎして、ハイタッチまで始めた。

ちなみに後で知ったことだが、こいつらは四流大学のイベントサークルの連中だったようだ。

主な活動内容は合コンを開いて女の子を酔わせて、パクっと食べちゃうことらしい。

「異世界勇者はこの世界に来るまでの性経験に応じて、時空を渡った特典を得ることができるのじゃ」

王様はそんなことを言ったが、異世界転生とか転移モノによくある転生ボーナスみたいなものなのだろうか？

するとそこで、ヤリサーの連中の一人がニヤリと笑った。

「まあ俺たちはやりまくりだがよ。ってことは、このオッサンも見た目によらずにヤリチンなわけなの？」

「いや、俺は童貞《どうてい》だが？」

言いたくもないことだが、この場合は黙っていても仕方ない。

なんせ世界の命運がかかってるって話で、重要な情報を隠し立てしてはいけないからな。

「ヒャハハっ！　ど、ど、童貞！　マジウケる！」

「アラサーなのにマジ童貞っ!?」

「いや、アレじゃね？　三十歳まで童貞だったら職業：賢者《けんじゃ》とかいうオチじゃね？　それで実は強かったとか？　まさかのオッサン強キャラだったとか？」

ギャハハという笑い声。

ガラも育ちも悪いと一瞬でわかるヤリサーの面々の笑顔に、若干《じゃっかん》俺はイラっと来る。

「職業とな？　それなら、このステータスプレートを見てみよ。お主たちの職業適性が書いてあろう」

王様の言葉に従い、俺たちは手渡されたステータスプレートをマジマジと眺《なが》める。

すると金属の盤面に文字が浮かび上がってきた。

「職業適性……これか……？　お？　俺は武神《ぶしん》だな。百人斬《ぎ》り達成ボーナスの職業適性と書いてあるぞ」

「ああ、そういやお前、いっつも百人とやったって自慢してたもんな……うん、こっちは剣皇《けんのう》って書いてあるぜ。俺は七十人斬り達成ボーナスだ」

「俺は賢者だな。五十人斬りボーナスだ。ってなると、オッサンは？」

と聞かれたので、俺はステータスプレートに浮かんだ職業の文字に戸惑《とまど》いつつもこう答えた。

「俺の職業は……素人《しろうと》童貞って書いてある」

その言葉を発した瞬間、玉座の間は爆笑の渦《うず》に包まれた。

「マジウケるー！」

「オッサン半端ねえな！」

「ただの童貞より更《さら》にひでえっ！　こいつサバ読んでやがったぞ！」

「ブヒャヒャっ！　あー、ダメだわ。腹筋崩壊《ほうかい》だわ！　マジやべえ！」

いや、そこまで笑うことじゃねーだろ？

仕事の付き合いで上司に無理やり一回だけ連れていかれただけなんだって。

困ってしまった俺は王様に視線を向けると――

――王様も下を向いて笑ってた。

肩を震わせて笑ってた。

くっそ、何なんだコイツら……っ！

と、俺の異世界転移の最初のシーンは最悪な感じで終わったのだった。

☆★☆★☆★

それから色々あって、俺たちはゲームで言うところの親愛度強化を行うことになった。

つまりは、王様が用意した女とそういうことをするという話だ。

で、俺たちの最初の相手は娼館《しょうかん》に勤務する女性ということになったわけだ。

娼館へ向かう途中、ヤリサーの連中はまたもや俺を馬鹿にしてきた。

「ギャハハ！　プロ相手じゃ素人童貞は卒業できねーな！」

「ドンマイドンマイ！」

「ってか、マジでやべえなオッサン。しかし、オッサンの相手が素人だったとしてもさ、それって王様が用意した女だろ？　思うんだがその場合って……素人童貞卒業になるのか？」

で、娼館に入った俺たちはそれぞれ個室に入ることになる。

俺も一応は男だ。

出てきた娼婦の女の人は物凄《ものすご》い美人さんだったので、もちろん臨戦《りんせん》態勢になってしまうわけで。

ってことでちょっと頑張ってみようかと思ったんだが、そこで驚愕《きょうがく》の事実が判明した。それはつまり——

——勃《た》たない。

何をどう頑張っても、俺のムスコには一切の反応がなかったんだ。

それで娼館で色々と頑張ったんだが、何もできないままにお姉さんに見送られて部屋から出ることになる。

「一体どういうことなんだよ？」

そう呟《つぶや》きつつ、俺は廊下でうなだれる。

すると、ポケットに入れていたステータスプレートが光り輝きだしたんだ。

「なんだコレ？　ひょっとしてこれが原因なのか？」

ステータスプレートを見ると、これまでに記載されていた文字以外に特記事項の項目が浮かび上がっていた。

つまり、ステータスプレートの下の方にデカデカと書かれていたのはこんな感じの文言《もんごん》だったのだ。

・名前　飯島悟
レベル１
職業　素人童貞
ＨＰ　15／15
ＭＰ　０／０
魔力　１
筋力　５

※特記事項：全年齢版のルールが適用されます

☆★☆★☆★

で、話は冒頭に戻る。

一連の出来事で俺は親愛度ボーナスを得られないということが判明したわけだ。

そして当然ながらそのことはヤリサーの大学生たちも知ることになる。

つまりは、役立たずであると。

そうして——。

初めての魔物討伐《とうばつ》の任務の最中に、俺は魔獣ひしめく大森林に置きざりにされることになったんだ。

要は、戦力外だから消えろってことだな。

というのも、王様から支給される勇者としての報酬《ほうしゅう》はみんなで分割していたんだよ。

言うなれば、配分制度ということで、それがたまらなく頭に来たらしい。

まあ、配分は連中が三人で九十八で俺が一人で二だったんだが、それでも奴《やつ》らはお気に召さなかったらしい。

かといって、流石《さすが》に同じ日本人を直接自分らの手で殺すというのも気が引けるみたいで、装備品を奪った挙句《あげく》に置き去りにしたというわけだ。

要は野垂《のた》れ死《じ》にするか、あるいは魔物に食われて死ね……と。

と、まあこれが今までの顚末《てんまつ》である。

「くっそ……」

実際問題、色々ヤバい。食料もなければ装備もない。

オマケに、さっきからそこかしこで白 狼《ホワイトファング》の遠吠えが聞こえてくる。

いつの間にやら日は暮れてるし、マジでヤバいな。

このままじゃ朝まで生きていられる自信すらない。

どうしたもんかと思ったその時、森の樹木が途切れて開けた場所に出た。

「これは幻想的だな」

そこは森の湖畔《こはん》といった感じの場所だった。

正面には月明かりに照らされた、静かな森の湖。

見上げれば煌《きら》めく星々が空を埋め尽くし、二つの月の浮かんでいる光景に思わず息を呑《の》む。

「……女？」

ふと見上げた夜空。

その視線の先——月夜に空から舞い降りてくるのは、天女としか表現のできないような美人さんだった。

黒髪に紅《くれない》を基調としたチャイナドレス。

ご丁寧《ていねい》なことに天女の羽衣《はごろも》まで羽織《はお》っている少女。

その瞳《ひとみ》は閉じられていて、東洋版の美しき眠り姫という言葉が脳裏をかすめる。

はたしてその少女は眠りながら空中浮遊をし、ゆっくりゆっくりと湖に向けて降りてきていたのだ。そして、その天女は——


——おっぱい丸出しだった。


スレンダーな肢体《したい》が纏《まと》うチャイナドレスは胸部にだけ布がなく、形の良いふっくらとした乳の先端には桜色の蕾《つぼみ》が咲いている。

「おっぱい丸出し仙人だと？」

あまりの光景に俺はフリーズする。

が、フリーズするのも無理もないだろう。なんせ丸出しだもん。

もう一度言うが、おっぱい丸出しなんだ。

そうなんだよ。形の良い美乳がぷるんと丸出しなんだよ。

しかも他の所はちゃんと服を着てるんだ。

それに恐ろしく美人だ。何て言うか、可愛《かわい》いと美人の良いとこ取りみたいな感じ。

眉毛《まゆげ》は凛々《りり》しく、チャイナドレスも品の良い仕立てだ。

美術品のような整った顔立ちで年の頃なら十代後半ってところだろう。

ともかく、非の打ち所がない……いや、一種の威圧《いあつ》感すら伴《ともな》う美少女だ。


――でも、おっぱい丸出し。


その事実だけで、彼女の持つ芸術的なまでの美的要素の全《すべ》てを台無しにしてしまっている。

しかし、このなんとなく漂うネタ感はなんなんだろう？

おっぱいが丸出しなだけで、ここまでネタっぽい感じになるものだろうか？

まあ、それはさておき、確かこの娘の名前は太公望《たいこうぼう》だ。

確かゲーム内では重要な位置づけのキャラだったはずだよな。

設定上、この娘は悲しい過去を背負い、魔の勢力と人間の勢力との狭間《はざま》でずっと悩んでいたんだ。

中立を旨《むね》とする仙界《せんかい》の掟《おきて》で人間の側にも立てないし、魔物の側にも立てない。

けれど、彼女はいつも人間を気にかけて心配していたんだ。

だけど仙界の掟には逆らえない。それが彼女のゲーム上の立ち位置だ。

が、最終決戦では人類救済のために彼女は決意する。

そう、仙界の掟を破り中立を破棄《はき》して立ち上がるような熱いキャラなんだよ。

で、天を舞う戦乙女《いくさおとめ》は主人公たちのピンチに駆けつけることになる。

そうして最強クラスの仙人は戦場に降り立ち、開口一番《かいこういちばん》こう告げるんだ。

「この太公望、もはや迷いはありません！　現時刻をもって、私は魔を払う人類の矛《ほこ》となりましょう！」

特定シーン用の一枚絵まで用意されていて、決め顔でそんなことを言ったりする本当に熱いキャラなんだよな。

だけど、やっぱりチャイナ服の胸の部分だけはないんだ。

どんなにカッコイイこと言っても、どんな時でも……そう、今、俺が見ているとおりにいつでもどこでも彼女は――


――おっぱい丸出しだ。


そんな感じで残念感漂うのはこのゲームのお約束なので、それは良いとしてさ。

確か、初期の太公望は色々と面倒《めんどう》なキャラだったよな？

彼女は異世界勇者は世界を滅ぼしかねない力を持つってことで危険視しているはずだ。

それで、太公望は幾度《いくど》となく問答無用で主人公に襲《おそ》いかかってくるキャラなんだ。

俺が置かれているこの状況で一番まずいのが、彼女はべらぼうに強いってこと。

そして、俺もゲームの主人公と同じく異世界勇者なのだ。

もしも太公望が俺をゲームの主人公と同じように認識してしまったらどうなるだろう？

それは決まっている。太公望は間違いなく俺を殺しに来る。

ゲームでは太公望とのバトルというか負けイベントの後、口を挟《はさ》んできた龍王の顔に免じて見逃してもらったり、魔王の横やりが入ったりで、何度も主人公は首の皮一枚で助かっていたけどさ。

でも、今の俺はそういう状況にはなく、これはマジでヤバい状態だ。

恐怖に全身鳥肌《とりはだ》が立つのを感じながら、俺は太公望のおっぱいにマジマジと視線を向ける。

どうやら、向こうはこっちに気がついていないようだ。

っていうか、そもそも寝てるみたいだしな。

しかし、本当に美乳だな。こんな綺麗《きれい》なおっぱい見たことない。

と、命の危機にもかかわらず俺が太公望のおっぱいを凝視《ぎょうし》していたその時――

――プレイヤーに対する全年齢版の上限レーティング：キス以上の刺激を確認しました
――プレイヤーは太公望のおっぱいをマジマジと観察しています

何だこの声は？
これはひょっとすると、異世界モノで噂《うわさ》に名高い神の声か？
これはいよいよ本格的に異世界転移っぽくなってきやがったな。
と、そこで神の声の様子がおかしくなりはじめた。

――親愛度ボーナスにより太公望のスキルをららラーニングし、し、しします
――プレイヤー：サトルは全年齢版の壁を、をを、を突破し、を突破し、突破し、突破し、突破突破突破突破
――どうしte謌ｉ匁悶縺弱k蛘ｩ縺蜷梧悄逕溘
――突破突破突破突破突破突破突破突破突破突破突破突破突破突破突破突破突
――遯｢∫?ｪ遯｢∫隲ｳ､ｉ蛹：∵じ邵ｺ蝶ｱ?玖快?ｩ邵
――縺ｩ縺?＠ｔ隲ｳ､ｉ蛹：∵じ邵ｺ蝶ｱ?玖快?ｩ邵ｺ陷ｬ讀ｱ譛??墓ｺ
――繧?闕ｴ霄ｫ縺ｮ蛘ｩ帙?闕ｴ隕

え？　何これ怖い。
なんかめっちゃ文字化けっぽい感じなんだけど、のっけから大丈夫か神の声？
と、そこで俺は何となしの予感と共に、ステータスプレートを取り出してみた。

・飯島悟

レベル1

HP　縲?闔ｴ霄ｫ縺ｮ蜉帙?闔ｴ隕壼コヲ??5/100 竊 ?5/100

MP　縲?繧ッ繝ｴ繧ケ繝?ぅ繝シ繝奇シ茨シ托シ先ユウ?

魔力　縲?繝ヤ繝吶

筋力　縲??ィ?ー縲?

「なんじゃこりゃ?」

思わずそう呟いてしまった。

おいおい、ステータスプレートが文字化けするなんて聞いたことがないぞ?

これは物凄い気になる現象だが、それはともかく……。

——逃げることが先決だ。

俺の記憶が確かなら、本気出した太公望とまともにやり合うには最低でもレベル70でパーティーを組む必要があるからな。

人間軍と魔王軍以外の第三勢力筆頭幹部クラスの強キャラだし……ここは三十六計逃げるが勝ちってやつだ。

そうして、俺はそそくさとその場から立ち去ったのだった。

# 第一章　片乳丸出しの少女　エリス

あれから、人里《ひとざと》を求めて彷徨《さまよ》い歩いて三日が経《た》った。

幸いなことに森の魔物の気配は俺の近くにはなく、命の危険はなかった。

が、問題が一つある。

俺は三日の間何も食べていないのだ。

途中で小川を見つけたので水は飲んでいるが、腹が減って死にそうだ。

血糖値が下がり過ぎているのか、頭もフラフラで力が出ない。

っていうかマジで色々とまずいよな。

狩《か》りをしようにも道具がなくちゃできないし。果実や野草なんかを採取しようにも、そんな知識は俺にはない。

いや、そもそもサバイバルについての知識なんて俺には全くないんだ。

このままじゃ、じきに動けなくなるのは間違いないだろう。

死という言葉が頭をよぎる。

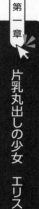

いかんいかん、弱気になっちゃ駄目だ。

そう思い、俺はブンブンと首を左右に振った。

このままあんなわけのわからない、ヤリサーの大学生たちに殺されたみたいな感じになったら死んでも死にきれない。

と、その時――。

俺は森の中で傷だらけで倒れている、茶髪のショートカットの女の子を発見した。

「凄《すご》い美人だな」

っていうか、可愛《かわい》い系だ。

更《さら》に言うとネコミミが頭からぴょこんと飛び出している。

獣人《じゅうじん》ってやつなのだろうか？　体躯《たいく》も小柄で猫っぽいな。

小柄で細い体軀に似合わず――下半身を鍛《きた》えこんでいると思われる、プリリと自己主張が激しいショートパンツ……否《いな》、お尻《しり》に目がいってしまうのは男のサガだろうか？

年齢は十代後半ってとこかな？

と、そこで俺はある事実に気がついた。

この子……見覚えがあるぞ？

そういえばゲームの初期に仲間になる影の薄いキャラでこんな娘もいたんだよ。

このゲームは仲間の人数が多すぎる系統のやつだ。

だから、主要キャラ以外はほとんどストーリーに絡《から》んでこずにすぐにモブ化するんだよな。

で、この子はそんなヒロインたちの中の一人で名前は確かエリスだ。

ちなみにこの子は片乳が丸出しというキャラだ。もちろん、今も片乳がモロ出しとなっている。

——ェ霄ォ縺ョ蜉帙?闕ェ

ん？　またバグった神の声が聞こえてきたぞ？

だが、それは今は置いておこう。っていうか、倒れているエリスの状態が明らかにヤバいんだよな。

全身傷ついて血だらけで、顔も真っ青だ。

特に一番ヤバいのはお腹《なか》だな。この傷はひょっとしたら内臓まで達してるんじゃないか？

よくよく周囲を見てみると、血痕《けっこん》の跡が続いているのがわかった。

ふーむ。これは魔物か何かに襲《おそ》われて……逃げてきたけど、ここで力尽きたってことか？

出血もとにかくヤバい感じだし、顔色もひどく悪い。

放置するわけにはいかないのでエリスに近寄ってみる。

うーん、これはどうしたものか？

応急処置をしようにも、部位がお腹で血止めすらもできそうにない。

腕とか足なら何かを包帯代わりにして圧迫止血《しけつ》って感じでなんとかなったかもだが……。

どうやら俺にできることは何もなさそうだ。

そもそも内臓が傷ついているとなると、素人《しろうと》が変に処置する方が絶対にまずいよな。

となると、このまま立ち去るしかないんだろうか？

いや、何を考えているんだ俺は。

動けずに死にそうになっている娘を放っておくだと？

さすがにソレは男としてやっちゃいけないだろ。

しかし、これは困った。何か処置をしてやりたいところだけど何もできそうにないのも事実だ。

何か手立てはないのか？　と、そう思っていると――

――スキル：老師《ラオシー》が発動しました
ん？　スキル：老師？　何のことだ？

――太公望《たいこうぼう》からラーニングしたスキルとなります。使用者が真に困った際にアドバイスをす

るのが私の役目です。神の声と同義と思って差し支えありません

太公望からラーニング？　どういうことだ？

――システムにバグが生じた結縺?@ｔ隲､ i蛹::じ邵ｺ蝶ｱ?玖快?ｩ邵ｺ陷ｬ譛ｧ謔??墓

お前も文字化けかいっ！

――修正……成功。文字化けは十八禁の世界に、全年齢版の使用者が紛《まぎ》れ込んだことが原因かと思われます

で、老師よ。それはつまりどういうことなんだ？

お、どうやら老師のスキルは神の声より有能なようだな。

――転生転移システムに混乱が生じています。現状では老師のスキルまでカオスに呑《の》まれてしまう可能性があるため、落ち着くまでシステム周りの質問はお控《ひか》えください

んー。
なんだかわからんが、俺のせいで世界がバグってるってことで良いんだろうか？
そういやステータスプレートも文字化けしてたしな。
まあ、それはともかく、今は目の前の少女をどうするかだ。
老師、俺はこの子を助けたいんだ。何か方法はないのか？

――回答：太公望よりラーニングした仙気掌《せんきしょう》の使用を推奨《すいしょう》します

ん？　仙気掌？
そう思ったところで右手が熱くなってきた。
で、右手を見てみると……うわ、何これ怖い。
俺の右掌《てのひら》がドラ〇ンボールっぽい感じで、オーラに包まれて光っているぞ？
「これで良いのかな？」
光り輝く掌でエリスのお腹に触れてみる。
お？　何か……流れる血の勢いが緩《ゆる》まった感じがするな。
よしよし！　さっきまでは真っ青だった顔色にも赤みが差してきた。
ん？　っていうかコレ……。

さっきまでドクドク流れていた感じの血が完全に止まってないか？

他にあった細かい傷も、いつの間にか消えてなくなってるし……。

そういえば仙気掌ってゲームでは単体完全回復魔法だったような気がするが。

「ちょいとゴメンよ」

服をズラして、お腹の部分だけを捲《まく》り上げた。

どうせ片乳は丸出しなんだから今更《いまさら》感はあるけど、やっぱり上の服を全部脱がすのは抵抗がある。

「うっし！　来たぞコレ！」

と、傷を確認した俺は大きく頷《うなず》くと共にガッツポーズをした。

予想通りに完全に傷は塞《ふさ》がっていて、命に危険はなさそうだ。

しかし、どうして俺が太公望のスキルをラーニングしているんだ？

と、そこで俺は後方から野獣の唸《うな》り声を聞いたのだ。

「グルルル……っ！」

声のした場所に視線を送ると、そこには白い狼《おおかみ》の姿があった。

恐らくはコイツがエリスを襲った奴《やつ》で、追いかけてきたのだろう。

大きさは普通の白狼《ホワイトファング》の三倍近くあって、とにかくデカい。

ってか、これってヤバくねーか？　いや、ヤバすぎるだろ!?

だって俺は丸腰のレベル1だぞ!?

ええい！　ここは困ったときの老師だ！

老師！　俺は太公望から攻撃用のスキルはラーニングしていないのか!?

——回答：プレイヤーサトルであればこの程度の魔物にスキルを使う必要は結縺・?@ｔ隲ｸｉ蛹：：じ邵ｺ蠑

また文字化けかよ！　ああ、もう……使えねえっ！

くっそ……っ！　こうなりゃヤケだ！

と、俺は狼の前に立ち塞がった。

「こっちだ！　こっちに来い！」

大声を出しながら、俺は駆け出した。

やろうとしていることは単純だ。このまま注意を引きつけて、走って逃げるだけ。

そんでもって、エリスから少しでもこの狼を引き離すって算段だ。

さすがにエリスを放置して一人で逃げるわけにもいかんし。俺にはおとり役くらいしかできることもねーからな。

「グルル——っ！」

良し、巨大白狼が食いついた！　俺を追いかけてきているぞ！

そして、ダメ押しとばかりに、白狼を挑発するためにさっき拾っておいた石を投げる。

石が命中したかどうかを確認もせずに進行方向に向き直って一目散《いちもくさん》に全力ダッシュだ。

この場合、当たるかどうかは問題じゃなくて相手の注意を引ければいい。

どの道、石が当たろうが当たるまいがダメージなんて皆無《かいむ》だろうしな。

だったら、とにもかくにも脱兎《だっと》のごとくに全力ダッシュだ。

走る。

ただただ、ひた走る。

狼相手に追いかけっこなんて自殺行為だとわかっている。

我ながら馬鹿《ばか》だと思うが、でもやっぱり女を見殺しにするようなことはしたくねーし。

と、しばらく走ったところで俺はチラリと背後を振り返った。

「あれ……？」

狼の姿が見えないぞ？

はてさて……どうしたことか？

周囲を警戒《けいかい》しながらエリスのところにゆっくりと歩いていってみるが、やはり狼の姿はない。

「あの……」

「あ、起きたんだ?」

はたして、そこには起き上がったエリスの姿があった。

寝ている姿も可愛かったが、この子はお目々パッチリでマジで可愛いな。

でも、本当に狼はどこに行ったんだろう?

俺の頭は疑問符に満たされたのだった。

☆★☆★☆★

「うーん……恐らくはメラニッシャーの果実だと思います」

ぴょこぴょこと動く耳。ふりふりと動く尻尾《しっぽ》。

獣人らしくそんな感じのエリスは神妙《しんみょう》な面持《おもも》ちでそう言った。

「メラニッシャーの果実?」

「はい。この辺《あた》りに自生する幻覚作用のある果実です。赤い果実に心当たりはありませんか?

白狼《ホワイトファング》はあの匂《にお》いを嫌がるんですよ」

あー、そういえば今朝、何か変な味の果物を食べたな。

この世界に来てから似たような形の果物を食べたことがあったので、あれについてだけはイケると思って口に入れてみたんだ。

「ああ、確かに心当たりはある」

「白狼と言えば相当な高位の魔獣ですからね。高レベルの戦闘職でもない人間が狙《ねら》われて生きていられるはずもありませんし、消えたのはそういうことでしょう。ともかくありがとうございます。高位の回復職の方にこんなところで出会えるとは幸運でした」

いや、回復職とかその辺は俺にもよくわからんのだけどな。

老師曰《いわ》く、太公望のスキルをラーニングしただけって話だし。

「いや、こちらも助かるよ。エリスちゃんが人里まで案内してくれるんだろう？」

「はい。とりあえずはお礼もしたいので私の里に向かいましょうか。しかし……」

「ん？」

「先ほど伺《うかが》ったお話からすると、そのあと人里に戻るにしても元にいた人間の街に戻るのはまずいのではありませんか？」

確かにそれはそうかもしれない。

ヤリサーの連中は俺を殺そうとしたわけだしな。

連中は一応、世界を救う勇者ってことになってる。味方を裏切って殺そうとしたなんて噂《うわさ》が立って評判が落ちるのもまずいだろう。

となると、奴らに俺の生存が知れると……うん、ガチで殺しに来そうな感じはするな。

「そりゃ確かにそうだな」

はてさてどうしたもんか。

と、俺が困っていると、エリスはニコリと笑った。

「幸い私たち猫耳族の里は男手が足りませんし、長期間滞在することはできると思います。その間に今後の身の振り方を考えられてはいかがでしょう？」

「そりゃあ、ありがたい！　是非《ぜひ》ともお願いするよ！」

サイド：太公望～サトルが猫耳族の里に向かった数時間後、エリスの倒れていた場所にて～

太公望は怪訝《けげん》な表情を浮かべ、その場で呆然《ぼうぜん》と立ちすくんでいた。

「何故《なぜ》……巨白狼《きよはくろう》が……？　この付近にそんな強者の気配は感じませんでしたが……？」

彼女が見下ろす地面には、爆裂四散《ばくれつしさん》し肉片と化した巨白狼の死体が横たわっていた。

胴体は九割以上が吹き飛んでおり、その原型を留めてはいない。

「しかもこれはただの強者ではありませんね」

彼女が驚くのも無理はない。

というのも彼女の視線の先――周囲には散らばった石の破片が残されていたのだ。

「白狼《ホワイトファング》といえば、人の子の力では騎士団が出るような魔物です。それをただ石を投げて退《しりぞ》けるだなんて……一体全体何が起きているのです……？」

ただただ信じられない。

そんな表情を浮かべながら、太公望はその場に立ち尽くしていたのだった。

☆★☆★☆★

あれから五日。

俺は猫耳族の里……っていうか、エリスの家に身を寄せていた。

ちなみに実はエリスは良いところのお嬢さんで、里の族長の娘だった。

なので、俺は族長一家のご厚意に甘えて離れの一室を使わせてもらっている。

エリスを助けたのは事実だし、それで色々と厚遇《こうぐう》してもらってるわけだがいつまでもそれじゃあまずい。

どうやら俺には回復スキルがあるっぽいからそれを活用しようと思ったんだが、怪我人《けがにん》なんかはそうそう出るわけもない。

つまりこの里で俺の出番は今のところないことになる。

ってことで、何かできることはないかと農作業のお手伝いをさせてもらっている。

あ、あと、ベビーシッターみたいな形で、子供たちを十人くらい族長の家に集めて面倒《めんどう》も見てるんだ。

日本の保育園みたいな感じで、親が仕事で忙しくて面倒を見切れない子供たちを預かるっていう仕事だな。

もちろん、獣人の子供はめちゃくちゃ可愛い。

そもそも子供ってだけで可愛いのに、そこに被《かぶ》せてネコミミなんだもん。


夕暮れ時。

子供たちをそれぞれの家に送り届ける仕事を終えた俺は、母屋《おもや》のリビングで食事をとっていた。

「サトルさんは子供に好かれますよね」

ニコニコ笑顔のエリスに向けて、俺は大きく頷いた。

「ああ、みんな懐《なつ》いてくれてるみたいで嬉《うれ》しいよ。しかし本当に良いのか？」

「良いとおっしゃいますと？」

「女だけの家に俺みたいな男を入れちゃってさ」

「え？　何か問題あるんですか？」

「若い男を家に入れるって、普通に考えてヤバくないか？　俺が突然エリスを襲ったりとかは考えないの？」

「え？　サトルさんは私に乱暴でもするつもりなんですか？」

「いや、そんなことはないけどさ」

「ふふふ。そうですよね。子供に好かれるような優しい人が酷《ひど》いことなんてするわけありませんよ」

屈託《くったく》のない笑顔で言われてしまった。

ったく、調子狂うよな。

何て言うか、猫耳族は短絡《たんらく》的というか人を疑うことを知らないというか。

この辺りは種族の特性でもあるから仕方ないんだけどな。

まあ、お人好《ひとよ》しだからこそ、亜人《あじん》は辺境の地に追いやられがちなんだけど。

「それに、私は……その……」

「ん？　どうした？」

「猫耳族の村はブラックドラゴンの度重《たびかさ》なる襲撃《しゅうげき》で男の人がほとんどいないんですよ」

「ブラックドラゴン？　ああ、そういえばそんな話もしてたな」

「だから……その……」

「ん？」

　エリスは顔を真っ赤にして、俺の顔をマジマジと見つめてきた。

「だから、私はサトルさんにちょっと……いや……かなり……きょ、きょ、興味……」

「ん？　興味？」

　そう尋《たず》ねると、エリスは爆発しそうなほどに頬《ほお》を紅潮《こうちょう》させた。

　そして、顔を赤くさせたままテンパった感じでこう言ったんだ。

「い、いや……何でもありましぇん！」

　嚙《か》んじゃった。

　けど、やっぱりこの子はよくわからんな。

　初日は別にそうでもなかったんだけどさ。なんか最近は俺と話す時、顔を真っ赤にすることが異常に多くなってるし。

　そういえば一度、風呂上りでボクサーブリーフ一丁の俺の裸体《らたい》を見られたことがあったな。

思えば、あの頃から様子が変な気がする。

いや、まさかとは思うよ？

でも、ひょっとしてこれがエロゲ世界のクオリティってやつなのか？

だとすると、いくらなんでもチョロすぎるが……。

「ところでエリス、ヌリヒトってどういう意味だ？　子供たちが俺にそう言ってくるんだが」

そう尋ねると、エリスはバツが悪そうな顔をした。

「……親しみやすいって意味ですよ」

「親しみやすい？」

と、聞き返したところで、族長であるエリスの祖母がリビングに入ってきた。

「サトル。ヌリヒトというのは、腰抜け野郎という意味じゃよ」

「腰抜け野郎？」

「男は森に狩りに出るものじゃ。しかし、お主は狩りの技術もなく、魔物を退ける力もない。故《ゆえ》に子供たちがお前を馬鹿にするのも無理なかろう」

と、族長が言ったところで、エリスは顔を真っ赤にした。

「サトルさんは高位の回復術を扱えます！　狩りだってやったことがないっていうだけです！　いくらおばあ様でも言って良いことと悪いことがあると思います！」

「そんなことはわかっておるよ。サトルも人間の世界では、回復術師として尊敬されるような人物なのじゃろうよ」

　そうして族長は俺にペコリと頭を下げてきた。

「すまんのサトルよ。子供たちの無礼は許してやってほしい。しかし、ここは猫耳族の村でな、どうにも我らは人間とは価値観が違うのじゃ」

　ふーむ。

　この言い方だと、悪気も悪意もないんだろうけど、族長も心のどこかでは俺を馬鹿にしてる感じなんだろうな。

　まあ、前の人生から人に馬鹿にされてるのは慣れてるから良いけどさ。

「しかもじゃなサトルよ。今、この村の男はブラックドラゴンの襲撃でほとんど息絶えておるのじゃ」

「そういう話ですね。討伐《とうばつ》隊が返り討《う》ちにあったのだとか」

「せいぜいが畑を荒らして家畜を食うくらいじゃし、ワシは逆鱗《げきりん》には触れるなと言うたのじゃがのう。ともかく、男たちが勇敢《ゆうかん》に戦って死んだということもあるわけじゃ」

「……なるほど」

「里の女衆は大人じゃから口には出さぬ。が、皆農作業や子供の面倒を見るだけのお主をヌリヒトだと思うておるよ。狩りも含めて男の仕事は敵と戦うものという文化じゃからな。そこについては申し訳ないが理解してほしいのじゃ」

まあ、文化には色んな形があるからな。

そんなことを思っていると、族長は詰問《きつもん》するような——あるいは釘《くぎ》を刺すような口調でピシャリと言い放った。

「わかっておるなエリス？　人間は人間、猫耳は猫耳じゃ。いくら高位の回復術師として……猫耳は勇敢な戦士しか評価せんのじゃぞ」

ああ、なるほどね。

どうにもエリスが俺に興味を持っちゃってるみたいだから、釘を刺しに来たって感じか。

「でも……おばあ様！　私は……私は……っ！」

「サトルは子供に好かれる善人じゃし、ワシもこの男を憎《にく》くは思うておらぬ。じゃが大事な孫娘の相手ということなら、この老骨《ろうこつ》も心配にもなるというものじゃ」

「……」

と言われ、エリスが押し黙ったその時——

「族長！　ブラックドラゴンです！　ブラックドラゴンが出ました！」

女性がドアを蹴破《けやぶ》らんばかりの勢いで入ってきた。

そしてその言葉を聞いてエリスと族長は目の色を変えたのだ。

「じゃから、ワシは逆鱗に触れるなと言うたのじゃ！」

血相《けっそう》を変えた族長を先頭にして、俺とエリスも外に出て行ったのだった。

☆★☆★☆★

「おばあ様！　ブラックドラゴンは今回で里を根絶やしにするつもりです！」

エリスの叫び声のとおり、里は大惨事《さんじ》の状況だった。

あちこちで火の手が上がっているし、建物も破壊されている。

避難が迅速《じんそく》だったのか、幸い怪我人や死者はいなさそうだ。

けど、このままじゃ時間の問題だろう。

俺の眼前百メートルほどのところにブラックドラゴン——黒い巨体が浮かんでいるんだが、見ているだけで寒気が走るようなバケモンだ。

その姿は圧巻《あっかん》という言葉以外では形容できない。広げた翼の端から端までで十五メートルくらいはありそうだ。

対する猫耳族の要員は五十名程度か？

しかも元からの戦闘要員かどうかは怪《あや》しい。

その証拠に弓の扱いもおぼつかない女の人たちと、そしてお年寄りたちときたもんだ。

「撃て、撃て、撃つのじゃ！　まずはワシから……食らえ！　ファイアーボール！」

杖《つえ》を掲《かか》げた族長の魔法攻撃を皮切りに、矢が放たれる。

そして、エリスもあらん限りの大声でこう叫んだ。

「風の刃《やいば》よ——敵を斬《き》り裂け！　ウインドエッジ！」

魔法と矢が飛んでいく。

着弾の瞬間、ブラックドラゴンはこちらの体の奥まで響くような重低音で唸《うな》り声をあげた。

「ガウガアアアアアアアっ！」

いかん。

全く効《き》いている様子もないしこれは怒らせただけか？

反撃とばかりにブラックドラゴンは猛烈な勢いで炎を吐きだし始めた。

「おばあ様……まずいですよっ！」

「撃て！　撃て！　撃つのじゃ！」

「しかし長老！　こちらの攻撃は……龍鱗《りょうりん》に弾《はじ》かれてしまいます！」

「それでも撃つのじゃ！　勇猛果敢《ゆうもうかかん》こそが猫耳族の誉《ほま》れぞっ！」

ああ、こりゃダメだな。

直情的で脳筋《のうきん》なのは獣人系の良いところでもある。

だけど、今回は体育会系のダメなところがモロに出てるパターンだぞ。

この場合は撤退しか道はねえだろうに……。そんなことはハナから選択肢《し》にないらしい。

「エリス！　このままじゃ全滅は必至《ひっし》だ！　全員今すぐこの場から撤退させろっ！」

俺の言葉に族長がクワっと怒りの表情を浮かべた。

「何を言うておる！　勇猛果敢こそが猫耳族の誉れじゃ！」

「そんなこと言っても勝ち目はありませんって！」

「人間が何を言うておる！　猫耳族には猫耳族の流儀《りゅうぎ》があるのじゃ！」

ああ、くそっ！

指揮官がこれじゃどうしようもねえな。

あー、もう参ったな……。どうすりゃ良いんだよ。

そうだ！　困ったときの老師頼みってことで聞いてみよう！

老師！　太公望のスキルで何とかできないのか!?　仙気掌以外になんかスキルはねーのかよ!?

——回答：太公望のスキルは回復及び近接専用です。宙に浮かぶブラックドラゴン相手には不適切です
使えねえなっ！

あー、どうすりゃ良いんだよ！

――回答：エリスからラーニングした下級攻撃魔法：ウインドエッジの使用を推奨します

え？　何で俺はエリスの魔法もラーニングしてんだよ⁉

まあ、それは良いとして、さっきエリスがそれやってダメだっただろ？


――回答：下級攻撃魔法：ウインドエッジの使用を強く推奨します

くっそ……！　老師ってのは本当に使えねえスキルだな！

しかし、俺の持つ遠距離攻撃手段がソレしかないなら仕方がない。

こうなったらダメで元々とばかりに、俺はスっと掌をブラックドラゴンに向けて掲げてみた。

「サトルさん？　何をするつもりなんですか？」

「俺も一緒に戦うんだよっ！」

と、そこで族長が俺に顔を向けてきた。

そして、諦《あきら》めたような表情でこう言葉を投げかけてきたのだ。

「助力の気持ちはありがたい。が……ハッキリ言うが戦う力を持たぬ者は足手まといなのじや！」

「こっちだってこの里には世話になってるんです！　そんな簡単に逃げるほど俺は薄情じゃありませんよっ！」

そうして、俺はあらん限りの大声でこう叫んだんだ。

「ウインドエッジ！」

その言葉と共に周囲に暴風が吹き荒れた。

「きゃあああああっ！」

「何じゃこれはあああああああ！」

「目を開けてられないいいいいいいぃぃぃぃぃぃぃっ！」

確かに物凄《ものすご》い風だ。

だけど、目を開けていられないほどか？

埃《ほこり》やら何やらが舞っていて、物凄い勢いで無数の小さいゴミが目に入ってくるけど、全然俺は目を開けてられるし。

って……ん？　ちょっと待てよ？

なんでこんなに埃やらなんやらが目に入ってきてるのに、俺は普通に目を開くことができているんだ？

でも、事実として俺は目を開いているし……。

それに、よくよく見れば周囲のみんなは暴風に吹き飛ばされないようにどこかにしがみついている。

あるいは、その場でかがんで飛ばされないようにしている感じだ。

が、俺はその場で悠然《ゆうぜん》と普通に立っている。

そもそも、さっきのエリスのウインドエッジの時にはこんな暴風は吹き荒れていなかったし。


——何かがおかしい。


そう思った時、前方からドシ————ィンと馬鹿でかい落下音が聞こえてきた。

土煙《つちけむり》が巻き上がり、一面の視界が奪われる。

が、ほどなくして暴風が吹き渡り、土煙も晴れることになった。

すると、首が切断されたブラックドラゴンが向こうに落ちていたのだ。

「え？　何だ……あれ？」

まさかとは思う。

けれど、この場合はそうとしか説明がつかないよな。


——俺がやったのか？

何が何やらわからない。

呆然として俺は族長とエリスに顔を向けてみた。

すると、族長とエリスはその場で腰を抜かしていた。

更に言えば——ご丁寧《ていねい》なことに口をパクパクパクと開閉させて。

☆★☆★☆★

族長の家では大宴会が行われていた。

なんせ里をこれまで苦しめていたブラックドラゴンを倒したのでその討伐祝いってコトだ。

七面鳥《しちめんちょう》の丸焼きやらワインやらが並んでいて、この里では今まで見たこともないような豪勢な食事だった。

「サトル殿は里を救った英雄じゃ！」

そんでもってリビングのテーブルに並べられた超豪華な料理を前に、族長は俺の肩をバシバシと叩《たた》いてきたわけだ。

「ささ、どうぞどうぞ！　遠慮せずに飲んでくだされ！」

エール酒をジョッキになみなみと注がれた俺は曖昧《あいまい》な微笑を浮かべる。

っていうか、調子良いなこの人。

まあ、元々悪い人ではなかったけど、さっきまでとは打って変わってニコニコ笑顔だ。

「時にサトル殿よ？」

「はい、何ですか族長？」

「エリスとの祝言《しゅうげん》はいつなのじゃ⁉」

ブーっとばかりに俺はお酒を吐き出してしまった。

「ゲホっ。ゲホっ……しゅ、祝言って結婚のことですよねっ⁉」

「エリスはお主のことを好いておるのじゃ。そしてお主は勇敢な強者じゃ……なんせブラックドラゴンを倒しちゃったんじゃもんのっ！　猫耳族は強者と祝言を挙げることが誉れなのじゃ！」

倒しちゃったもんの！　と、嬉しそうに言われても正直困る。

「いやいや、話が早過ぎでしょ⁉　そもそもエリスが俺のことを好きってのも勝手な決めつけでしょうし――」

と、エリスに視線を向けてみる。

すると、彼女は顔を真っ赤にして「……」とモジモジしていた。

うーん。やっぱり決めつけじゃなかったのね。でも、この場合はそれはそれで困る。

なんせ、結婚の話だからな。

「でも、おばあ様？　あんまりそういうことはサトルさんに言わない方が良いと思うんです」

「どうしてじゃエリスよ？」

「サトルさんみたいな凄い人が私なんかを相手にしてくれるはずがないというか……何というか……」

「ふーむ。サトル殿よ、単刀直入《たんとうちょくにゅう》に聞くがお主はエリスが嫌なのか？」

単刀直入過ぎる質問だった。

いや、そんなのどう答えたら良いんだ？

そう思いつつ、やっぱりここは素直に回答するしかないんだろう。

なので、思ったとおりの言葉を口に出してみた。

「嫌ってことはないですけどね」

と、その言葉を聞くなり、エリスは目を真ん丸にして尻尾をピンと立てた。

「はにゃっ!?　今……嫌ではないとおっしゃいましたか!?」

「ふふ、エリスよ、サトル殿もまんざらでもないご様子じゃ」

エリスは顔を真っ赤にして尻尾をゆっさゆっさと振っている。

何だか嬉しそうなんだけど、それはそれでやっぱり困るというか何というか。

「族長……話を聞いてくださいよ。いくらなんでも早すぎますって、出会って数日ですよ？」

「そ、そうですよ、おばあ様。サトルさんの言う通りです」

「ふーむ、しかしエリスよ。このような強者じゃぞ？　早く手を付けねば他の誰かに取られてしまうとは思わんのか？　迅速こそが猫耳族の誉れ……ムラっと来たら直結希望という諺《ことわざ》を知らぬお主ではあるまい」

どんな諺なんだよと思いつつ、エリスに顔を向けてみる。

「他の誰かに取られる……？　うぅ……それは嫌です。いや、そもそもサトルさんは私のモノではないんですけれども……」

と、そんなことを呟《つぶや》きながらエリスの猫耳と尻尾がへなっとしおれてしまった。

「そうであればエリスよ。好きだとハッキリ言ってしまえば良いのじゃ。さすれば、あとはサトル殿がどうするかは決めてくれよう」

えーっと、何だか話がすっごいアホな方向にいってるな。

と、そこでエリスは「キリっ」とした表情を作り、覚悟を決めたように俺の顔をジッと見据《みす》えてきた。

「あ、あの……サトルさん！」

「は、はい……何でしょうエリスさん？」

なんだかすっごいマジな感じなので、俺は思わず敬語になってしまった。

ってか、こうやって見つめ合ってみるとエリスの美少女加減がよくわかるな。

猫耳だし、尻尾もフリフリだし。

お目々もパッチリだしスレンダーで小柄な体に小ぶりで形の良い胸がよく似合っている。

あと、まつげがすっごい長い。

「あの……わ、わた……私は、サトルさんのことが……す、す、す……」

見ていて気の毒になるくらいに顔が真っ赤だ。

ってか、すっげえ勇気を振り絞《しぼ》っている感じだな。

いかん、マジな告白みたいだし何だか俺もドキドキしてきたぞ。

「私は、サトルさんのことがす、す、す……す……」

と、そこで言葉を詰まらせたかと思うとエリスは踵《きびす》を返して駆け出し始めた。

そして、彼女は半泣きになって玄関へと走り去っていったのだ。

「好きなんだけど、好きなんて――言えましぇんっ！」

あ、噛んじゃった。

っていうか、思いっきり好きって言ってるんだけど……。

まあ、これはよほどパニくってるってことなんだろう。

☆★☆★☆★

その日の夜――。

ドラゴン討伐の宴会で、しこたま飲まされた俺は離れの部屋に戻った。

「あー飲み過ぎた……頭痛《いて》ぇ……」

頭痛を堪《こら》え、倒れ込むようにベッドに転がり込む。

すると布団《ふとん》に潜り込んだ瞬間に違和感を覚えた。

「……どうもです」

「あ、はい。どうもですエリスさん」

エリスの挨拶《あいさつ》に思わず俺は敬語で答えてしまった。

っていうか……何だこの状況は？

淡い水色のシースルーのネグリジェ。

普段から片乳丸出しというのはさておいて、ベッドに寝転ぶエリスの小ぶりな胸部にはブラジャーは纏《まと》われておらず、桜色の乳首がシースルー越しにコンニチハ状態になってしまっている。

そして、初対面の時に思った形の良い健康的なプリプリとしたお尻はほとんど丸見え。下着としての効果を発揮《はっき》しているか否か怪しい、申し訳程度の水色の布……端的《たんてき》に言えば、彼女はTバックを装着していたのだ。

「えーっと、これはどういう状況なんでしょうかエリスさん？」

「あの、その……つまりですね。おばあ様が既成《きせい》事実を作れとおっしゃいまして」

「なるほど。既成事実ですか」

「……理解が早くて助かります」

　と、そこでエリスは俺に絡《から》みついてきた。

　そのまま彼女の顔が目の前に近づいてきて、このままだと本当に既成事実を作られる状態になってしまった。

　仕方がないので、俺は腕に力を込めて遠ざける。

「……え？　サトルさん……？」

「だから、こういうことは早すぎるだろ？　出会って数日だぜ？」

「でも、私はサトルさんが……しゅきです！　あっ……!?」

　やっぱり肝心《かんじん》なところで噛んじゃう辺りは可愛らしい。

　そして、顔を真っ赤にして恥《は》ずかしがってるのも可愛いとは思う。

　だがしかし、これはこれでソレはソレだ。

「俺もエリスのことは可愛いと思うけど、好きとか嫌いってこんなに簡単に数日で決めてしまってていいもんなのか？」

「でも、私は大好きですよ？」

「好きって俺のどこが好きなんだ？」

「サトルさんは子供にも好かれていますし、私は、優しい人は大好きです。ブラックドラゴン相手にも勇敢でしたしね」

「うーん……」

「それに猫耳族は種族的に男性が少ないんですよ。ですから、昔から他の種族から種《たね》を貰《もら》って子供を授かるということは普通にあったんです」

「ふむふむ」

「もう単刀直入に言いますね。私はサトルさんの精子が欲しいんです」

単刀直入過ぎるだろ!?

が、驚いている俺にはお構いなしでエリスは言葉を続けた。

「サトルさん。猫耳族の男は重婚が普通なんです。ですので、他にお嫁さんを貰っても問題ありません」

「……え？　マジで？　そういうノリなの？」

いくらエロゲの世界とはいえ都合良すぎる設定だろ。

いや、でも、そもそものこの状況自体が都合が良いもんなー。

この状況にしてもエロゲの世界だからこそ、出会って数日でこういうことになっているんだとも思う。

「あの、その……あと、サトルさん？」

「ん？　何だ？」

「私だって……女の子……です。女の子にここまで言わせて……酷い……です。後生《ごしょう》ですから……抱いて下さい」

「いや、でもなァ……それはやっぱりまずいというかなんというか」

と、そこでエリスは何かに気がついたように「はっ！」と息を吞んだ。

「もしかしてサトルさんは……亜人が……無理なのですか？」

ここまで言われては仕方ない。

と、俺は息を大きく吸い込み、ひと呼吸置いてこう言ったのだ。

「全然無理じゃないです」

いや、俺もここまで言われたらさすがに覚悟は決めるけどさ。

でも、渋ってたのには実は他にも理由があるんだ。

というのも、俺は素人童貞《どうてい》だ。

無論、そっち系の技術には自信がない。上手《うま》くできるかどうかもわからんし、やはり即答しかねる部分があったんだ。

「それではサトルさん。初めてなので優しくしてもらえたら嬉しいです」

ええい、ままよ！

と、俺は覚悟を決めてエリスを抱き寄せる。

するとエリスの心臓がバクンバクンと鳴っているのがよくわかった。

どうやら彼女は本当に勇気を出して、俺のベッドに忍び込んできたみたいだな。

そういう風に思うと、たまらなくエリスが愛《いと》おしく思えてくるから不思議なもんだ。

だがしかし、緊張してるのは俺も一緒だ。

なんせ素人とは初めてだからな。

俺に上手にできるもんだろうか？　と、そんなことを思っていると――

――スキル：老師《ラオシー》が発動しました

――太公望からラーニングしたスキルが発動します

――スキル：１０８手が発動しました

――スキル：ゴールデンフィンガーが発動しました

良し、そういうことなら安心だ。

ゲームでも太公望は床上手《とこじょうず》で有名だったからな。ここは素直に老師に感謝しておこう。

と、まあ、そんなこんなで――

俺とエリスは情熱の一晩を過ごしたのだった。

☆★☆★☆★

そして翌朝。

「おはようございます。私の旦那様《だんな》」

目覚めのキスとばかりに、俺の腕に絡みつきながらエリスがほっぺたにキスをしてきた。

「うん、おはよう。それとな……エリス？」

「はい、何でしょうか私の旦那様」

「お前の服さ、片方の胸が丸出しだから隠した方が良いな」

「え？　それはどうしてですか？」

「他の男に見られるのが嫌だから」

前々からいつツッコミを入れようかと思っていたことではあるんだけどさ。

俺はエリスとはちゃんと向き合っていきたいし、こうなってしまえば恋人だと断言してもいい状況だろう。

っていうか、もう俺としても責任を取って結婚する気マンマンだ。

言葉の通り、他の男に彼女の胸を見られるのはどうかとも思うし、やっぱりそこはちゃんとしてもらいたいんだよな。

で、俺の言葉を聞いて、エリスはそこで初めて何かに気づいたように「あっ！」と息を吞んだ。

そして頰を赤らめて、恥ずかしそうにこう言ったのだ。

「私はどうして今までこんな恥ずかしい恰好《かっこう》をっ!?　は……恥ずかしいですううう！」

今まで自覚なかったのっ!?

まあ、どうしてこんな恰好と言われると、その理由に俺には心当たりはあるにはある。

そうなのだ。誰が悪いかと言えばそれは――

——キャラクターデザインした人が悪いんだと思うよ。

いや、バカゲーのノリのエロゲとしては正解のデザインかもしれないし、キャラデザ担当さんも会社にやらされただけかもしれんけどな。

だがしかし、年頃の女の子としてはやっぱり片方の乳が丸出しだというのは問題だろう。

## 第二章 オーガ退治と鬼の姫(お尻丸出し)

エリスと初夜を過ごしてから一週間が経《た》った。

覚えたてというのは怖いものだ。

俺もエリスも昼と言わず夜と言わず……暇《ひま》さえあればお互いの体を貪《むさぼ》りあっている感じになっている。

スキあらばちゅっちゅして、スキあらばギシギシアンアンしている。

しかし、体を重ねるごとに愛着が湧《わ》いてくるから不思議なもんだ。

まあ、今の俺の状態は一言で言えば、幸せだという言葉あたりに落ち着くだろう。

「おはようございます。私の旦那様《だんなさま》」

「ああ、おはようエリス」

と、いつもどおりに「おはよう」のキスと共に目覚める。

ベッドから抜け出して俺が身支度《みじたく》を整えている間に、エリスは一足先に階下のキッチンへ向かった。

ちなみに、俺の嫁になってからは彼女は片乳をちゃんと隠している。

しばらくすると一階から良い香りが漂ってきたので、俺も下に降りることにした。


今日の朝食は焼いたパンにベーコン、そして目玉焼きとサラダというオーソドックスなものだった。

もちろん、このメニューで不味《まず》いわけがなく普通にめちゃくちゃ美味《おい》しい。

エリスは基本的に料理上手で、そこは本当にありがたい。

いや、あるいは別に料理上手というわけでもなく、愛情という調味料が料理を美味しくしているのかもしれない……なーんちゃってな。

ノロケついでに更《さら》にエリスの自慢をしよう。

エリスは家事全般上手なんだ。

部屋もいつも綺麗《きれい》だし、俺が脱ぎ散らかした服もいつの間にか洗濯済みで綺麗に畳《たた》まれていたりする。

それはさておき、実は俺の食べているこのメニューってこの世界では相当に豪華《ごうか》なシロモノである。

目玉焼きには胡椒《こしょう》も使われているし、そもそもここでは白パンと卵が高価な食材なのだ。

「ところでエリス。俺は毎日こんな贅沢《ぜいたく》なもんを食ってて良いのか？　俺はブラックドラゴンの一件後、ほとんど働いていないぞ？」

実際、本当にあれから俺は一切働いていない。

ここ最近の俺の一日の生活はと言えばこんな感じだ。

・朝起きてはセックス
・飯《めし》を食ってはセックス
・昼寝してはセックス
・風呂に入ってはセックス
・寝る前にはもちろんセックス

こんな感じで体中にキスマークをこさえるような生活しかしていない。

そんなことを思っていると、先ほどの俺の問いかけにエリスは「あはは」と笑ってこう応じた。

「ブラックドラゴンの亡骸《なきがら》を売却する予定ですからね。何度も言ってますがあれだけで一財産なんですよ？」

「って言われてもなァ……何か仕事はないの？」

何もしてないのは気が引けるんだよ。

農作業の手伝いをするって言っても族長に止められるし。

「旦那様に下働きみたいなことをさせるのは恐れ多いですよ。むしろ、ブラックドラゴン素材の売却益を私たちの里の復興支援に回してもらって本当に良いのかってみんな言ってますから」

「まあ、そこは手間賃《てまちん》ってことで」

復興支援&俺の当分の生活費という意味合いも込めて、利益の半分を族長に渡すことで話はついている。

なんせ、嫁の住む里の復興の話だからな。

ブラックドラゴンの解体やら売却手続きやら、何から何まで猫耳族がやってくれるってのももちろんある。

で、それを聞いた里のみんなが毎日毎日俺にお礼を言いに来ているのが現在の状況だ。

俺は今ちょっとしたヒーローみたいになってて困っているというのが正直な感想でもあるんだけど。

「エリス。少し話があるんだが」

「どうしたんですか、改まって？」

「……夜の話だ。いや、昼夜関係ない状態ではあるんだが。さすがに俺は睡眠不足で最近疲れてきていてな」

「あ、それわかります。実は私もそうですから」

はにかみながらエリスはとても可愛《かわい》い笑顔を浮かべていた。

でも、やっぱりちょっと疲れたというかやつれた感じが出ているようにも見える。

いや、でもそりゃあそうだよなー。

ぶっちゃけるまでもなく俺たちはお猿《さる》さんと化しているんだもん。

それはもう寝る間も惜《お》しんで朝昼晩と励《はげ》んでいるわけだ。

で、それが一週間連続だ。

童貞《どうてい》捨てると猿化するって話は聞いていたが、これほど強烈なものだとは思いもしなかった。

エリスは処女だったし、そこについては俺と一緒なんだろう。

「ぶっちゃけ疲れのピークで限界が近いんだ。今日くらいはちょっと控《ひか》えて別々に寝ようか？」

「……うう。少し寂《さび》しいですけど、睡眠も大事ですもんね」

と、その時、エリスの祖母である族長がリビングにやってきた。

「おはようございますじゃ、婿殿《むこどの》」

「ええ、おはようございます」

婿殿という呼称には最初は戸惑《とまど》ったが、さすがに毎日言われると慣れてくる。

と、そこで族長が深いため息をついた。

「どうかしたんですか？」

「婿殿もご存じのとおり、この大森林を治める魔獣人王から受けた指令の件なのじゃが……いやはや頭を悩ませておりましての」

この森には獣人の村が多数存在している。

例《たと》えば、猫耳族の他に犬耳、兎耳族なんかの獣人の集落が点在しているんだよな。

で、それを治めるのが魔獣人王という、そのまんまな感じの名前の奴《やつ》らしいんだ。

「えーっと……。確かオーガを五十体狩《か》るってやつですよね？」

「そのとおりじゃ。しかし、ご存じのとおりこの里には男がおらんでのう……困ったもんですじゃ」

オーガは知能を持たない魔物で、獣人たちとは違って亜人《あじん》としては分類されていない。

つまり普通に危険な害獣に分類されている。

その性質は粗暴そのもので、亜人族全体に対する脅威《きょうい》となっているらしい。

と、まあそういった理由で魔獣人王の命令の下《もと》、獣人族のそれぞれの集落は定期的にオーガの駆除《くじょ》の仕事を持ち回りでやっているらしいんだ。

それが今回は猫耳族の里にお鉢《はち》が回ってきたってことだな。

で、間《ま》が悪いことにブラックドラゴンの被害で、この里には男手がない。

「ちなみに駆除できなかったらどうなるんですか？」

「他の種族の里に頭を下げて代わりに狩ってもらうことになるの。対価として相当な金銭や品物を要求されるし、里としての序列も下がる。そして何より――」

「何より？」

「森に暮らす部族の仲間として、名誉を失うじゃろう」

「名誉ってそんなに大事なんですか？」

「獣人族全般、力こそが正義じゃからな。我らにとっては名誉は何よりも優先されるものじゃよ」

ふーむ。

まあ、猫耳族が脳筋《のうきん》なのは前回で十分知ったしな。他の部族もそんな感じだってことだろう。

「それでオーガ狩りの状況はどうなってるんです？」

「芳《かんば》しくないのじゃ。納期は三日後じゃが、まだオーガの角《つの》は二十しか集まっておらぬ。本来であれば百は狩って、我が里の威信《いしん》を誇示せねばならんのじゃが……五十というノルマすら無理じゃな」

と、そこまで言って、族長は暗い顔で俯《うつむ》いた。

「おばあ様。森の警備任務の未達成となれば末代までの恥《はじ》になりますよ？」

「わかっておるわエリス」

「それに未達成となれば責任問題になりますよね？　そうなれば、おばあ様は族長の座から追いやられてしまうかもしれません」

「そうなるじゃろうな」

さて、ここまで来たらもう仕方ないな。

「その仕事、俺がやりましょうか？」

「いや、それはなりませぬ。婿殿は猫耳族ではありませんし、ブラックドラゴンを討伐《とうばつ》してもらった上、これ以上の恩を貰《もら》ってもお返しできませぬ」

「いやいや。エリスと俺は結婚式は挙げてませんが、事実上の婚姻《こんいん》状態みたいなもんですし。恩を返すとか返さないって話じゃないでしょう？」

そこまで言うと、エリスは不安げな表情で俺に尋《たず》ねかけてきた。

「でも、やっぱり猫耳族でもない方に危険な任務をお願いするのは気が引けますよ。旦那様が怪我《けが》でもしたら大変なことになります」

「任せとけって。いざとなったら、ブラックドラゴンを倒した魔法でドカーンだしな」

☆★☆★☆★

今のところ俺が使える戦闘スキルは一つしかない。

それはつまりブラックドラゴンをやっつけた風の魔法だけだ。

ってことで、実験的にオーガの集落に向かう途中でそれを使用することにした。

つまりは、道中で襲《おそ》いかかってきた狼《おおかみ》に向けて風魔法を放った。

え？　結果はどうなったかって？

ウインドエッジを放つと同時に狼がミンチになったんだよ。

そこで俺が率直《そっちょく》に思ったことは「いつの間にか俺ＴＵＥＥＥになってるじゃん！」とか「いつの間にかチート能力きちゃった⁉」とかそんなことではなかった。

そう、素直に思った感想は単純だ。


――え？　何これ怖い。


いや、おっぱい丸出し仙人《せんにん》に会った時の謎の文字化け現象に始まり、ブラックドラゴンの件とかあったじゃん？

アレで俺も薄々気づいてはいたんだ。

だからこそ、試し打ちをして自分の実力を確かめたんだけどな。

で、結果はミンチだ。

異世界転生モノとかで物凄《ものすご》い力を手に入れた場合、実際にどういう感想になるかと言えば、俺のような心境になる人が多いだろうと思うんだよなー。

それはさておき。俺はオーガ退治《たいじ》を安請《やすう》け合いしてしまったが、ここにきて後悔することになったわけだ。

というのも、この仕事では討伐の証拠としてオーガの角を持ち帰る必要があるんだよな。

まあ、いわゆる討伐部位による証明というやつだ。

オーガは狼よりも多少は頑丈《がんじょう》だろう。が、なんといっても細切れのミンチだからな。

これをオーガにやったら、まず間違いなく討伐部位もバラバラになってしまうだろう。

風魔法の威力《いりょく》調整はできないみたいだし……さてどうするか。

そんな感じで色々と考えていたんだが、やるとしたらスマートにやっぱこんな感じかな？

腰の鞘《さや》からキラリと長剣を引き抜く。

遠距離攻撃でミンチになるなら、近接戦闘の剣でなんとかするしかなかろうよ。

正直な話、近接戦闘でオーガと戦うのは怖いと言えば怖い。

だけど、俺は既《すで》に自分が相当強いことは理解しているんだ。

ステータスは文字化けしてバグってる感じなんだが、論より証拠ということで大木を殴ってみたら一発で殴り倒せたしな。

「ま、自分の力の確認がてら……オーガ相手に暴れさせてもらおうか」

「ええ。旦那様ほどの強者であればオーガなんて余裕ですよ。なんせ大木も一発でしたし！」

エリスはニコニコ笑顔でそう言った。

しかし、エリスの笑顔は本当に可愛いと思う。

と、そこで俺は鼻の下が伸びているであろうことに気がついて、ゴホンと咳《せき》ばらいを一つ。

「いやいやエリス。そうは言っても俺は実戦経験は皆無《かいむ》だからな」

「大丈夫ですって。大木を一発なんてなかなかできることじゃありませんし、さすがは私の旦那様って思いましたもん！」

「で、エリス。アレがオーガの集落か？」

遠くの方に原始的な集落が見えた。

知能が低いというだけあって、日本で言えば縄文《じょうもん》時代……いや、それ以前の文明レベルに見えるな。

「え!? 旦那様はこの先の集落が見えるんですか？」

「逆に聞くがエリスには見えないのか？」

「猫耳族は狩猟《しゅりょう》民族なので、目は良いはずなんですけどね！ 凄いですよ私の旦那様！」

そうして、オーガの集落まで接近した俺たちは、目立たないように街道沿いの森の中に入ったのだった。

その目的は単純だ。

敵に発見されずに集落に近づいて、奇襲《きしゅう》をかけて連中を殲滅《せんめつ》するためだ。

☆★☆★☆★

「ギャアアアアっ！」

オーガの集落に、数多《あまた》の悲鳴が木霊《こだま》する。

俺がやったことは単純明快だ。

オーガの角を切り落とした。ただそれだけだ。

ちなみにオーガの魔力は角に集中していて、それを切り落とせば普通の成人男性よりも弱体化するらしい。

つまり悪さはできないようになる。

無駄に殺すのも嫌だし、最初の一匹とやりあった時点で俺の方が断然強いことは自覚していた。

っていうのも、さっき茂みから飛び出した俺は一匹のオーガと戦ったわけだ。

で、そいつはやはりというかなんというか、思いのほか弱かったんだ。

悲鳴を聞きつけた敵が五体ほどやってきて、それを切り伏せて、更に増援が現れて……。

あとは流れ作業のごとく簡単な仕事だった。

つまりは鬼の角を切り落としていく、ただそれだけ。

それで、そうこうしている内に戦闘の舞台はオーガの集落の中に移っていくことになる。

確か、総数で五十の角を切り捨てた辺《あた》りだったと思う。

その時になんかやたらデカい黒鬼が出てきたんだよ。

それで、それを切り伏せた途端《とたん》に敵の動きが変わった。

なんというか一瞬で空気が変わったみたいな、そんな感じ。

具体的にはオーガたちは逃げようという感じではなく、かといってこっちに攻撃してくるというわけでもなかった。

守るにしても攻めるにしても、中途半端なスタンスになったというか。

まあ、恐らくはボス格をやられて、ビビったんだと思う。

かといって、集落を攻められている以上、逃げるわけにもいかないと。

こちらとしても角を回収せずに帰れない。

ってことで、問答は無用。

俺はそのままオーガの群れに向けて突進し、剣を振るって振るって振るいまくった。

言い換えるなら、狩って狩って狩りまくったたってことだな。

しかし、その途中で俺はオーガの振り下ろした棍棒《こんぼう》をモロに食らうことになる。

「オオオオオオっ！」

雄叫《おたけ》びと共に繰り出された一撃。

肩口に棍棒の直撃を受けてしまった。

「……ギッ⁉」

しかし、勝ち誇った表情をしたオーガの顔が瞬時に変わった。

そう、その瞳《ひとみ》には明確な怯《おび》えの色が浮かんでいたのだ。

ま、要は今のはワザと受けたってことだ。

これまでのオーガたちとの立ち合いで、力の差もわかっていた。

なので、ある種の確信を持って攻撃を受けてみたんだ。

結果としては、やっぱり痛くない。

完全にノーダメージの状態だったので、お返しとばかりに剣を振るう。

ビュオンという風切り音と共に角を切り落とすとオーガがドサリと倒れた。

さて、後はまたこの単純作業を延々《えんえん》と繰り返すだけだな。

「オーガの攻撃を受けて無傷……？　凄すぎますよ旦那様……っ！」

と、まあ、そんなこんなで。

トータル百を超えるオーガを狩った俺は猫耳族の里へと戻ることにしたのだった。

☆★☆★☆★

里に戻って、討伐部位のオーガの角を渡すと族長が目を白黒させてこう言った。

「エリス！　絶対に婿殿を離してはならんぞ！　絶対に……ぜーったいにじゃ！」

その言葉を受けて、エリスはニコニコと応じる。

「言われなくても離しませんけどね。私は旦那様が大好きなので」

ここまでむき出しの好意と共に大好きと言われると、対応には困るけど悪い気はしない。

さっそく族長はリビングテーブルに並べられた戦利品の角を確認し始めたんだが、すぐにその手が止まった。

「エリス。本当に婿殿を手放してはならんぞ」

「え、どういうことですか、おばあ様？」

「こういうことじゃ」

「ん？　どういうことですかおばあ様？」

「黒鬼王《オーガキング》じゃ」

その言葉を聞いて、見る間《ま》にエリスの顔色が青ざめていく。

「確かに黒い鬼はいましたが、旦那様があまりにもあっさり倒したもので……そこには思い至《いた》りませんでしたよ。でも本当に黒鬼王なのでしょうか？」

「うむ、間違いあるまい」

「と、すればこれは魔獣人王様から特別なご褒美《ほうび》が出るかもしれませんね。それどころか、我が里の序列が上がってしまうかもしれません」

俺を完全に置いてけぼりにして話が進んでいるみたいだけど、一体全体どういうことなんだろう？

「どういうことなんだエリス？　黒鬼王ってのは何なんだ？」

「めちゃくちゃ強いオーガってことですよ！　旦那様！」


その日の夜。

今朝約束したとおりに、俺とエリスは別々の部屋で寝ることになった。

ただでさえ絶え間ない性生活に疲れているというのに、今日はオーガの集落に遠征しマジでクタクタだからな。

「ようやくこれでゆっくりと眠れる」

しかし、エリスのいない夜の部屋ってのも新鮮だな。

そんなことを思いつつ、ベッドに寝転んだ。

疲れた体は正直だったようで、すぐさま睡魔《すいま》が襲いかかってきた。

が、ウトウトと睡眠状態に入りかけたその時、コンコンとドアを叩《たた》く音が聞こえてきたんだ。

「あの……旦那様？」

「ん？　どうしたんだエリス？」

寝ぼけ眼《まなこ》で、部屋に入ってきたエリスにそう問いかける。

すると、エリスはベッドにもぐりこんできた。

「今日、私は切《せつ》ない気分なのです」

「……切ないってどういうことだ？」

「獣人族全般に言えることなのですが……これは本能なのでしょうね。つまりは強き男の強き種《たね》を授かれという」

「すまん。何言ってるかサッパリわからん」

「つまり、単刀直入《たんとうちょくにゅう》に言うと旦那様の精子が欲しいってことなんです」

だから単刀直入に過ぎるって！

そう思いつつ、困惑《こんわく》しながらも俺はエリスに抗弁した。

「おいおい待ってくれよ。今日はそういうことはしないって話だっただろ？」

「魔法を使う戦闘よりも、肉体的な……近接戦闘の方が強いオスを感じられるもの、今日はより深く旦那様に魅力を感じてしまったのですよ」

「いや、しかし、俺もここ一週間ほとんど寝てないしな」

と、そこでエリスは猫耳をぴょこぴょこと震わせて、涙目でこう言ったのだ。

「ですが……切ないのです。我慢《がまん》ができないのです。エリスはお股《また》が切ないのです。旦那様が欲しいのです。旦那様はこんな……はしたない娘は無理なのでしょうか？」

そう問われ、俺は息を大きく大きく吸い込み、ひと呼吸置いてからこう答えた。

「全然無理じゃないです」

我慢ができないというなら仕方がない。

ちなみに、切ないというエリスの訴《うった》えは本当で、そこはマジで大洪水《こうずい》状態だった。

と、まあそんなこんなでエリスの治水作業は難航し、作業を完了したころには既に朝方になっていたのだった。

いや、俺は一体全体いつ寝ればいいんだ？

朝焼けの太陽が黄色く見えた頃に、我に返ってそう思ったが、時既に遅しといったところだった。

☆★☆★☆★

さて、これでオーガの大討伐が終わったわけだ。

里はてんやわんやの大騒ぎとなり、黒鬼王《オーガキング》を討伐した俺のために祭りまで開いてくれることになった。

里の広場にはお花見よろしくゴザが敷かれ、美味《うま》い酒と御馳走《ごちそう》が並べられている状態。

マジで大宴会という風情《ふぜい》だった。

そんでもって、その中央には俺とエリスの二人が据《す》えられたわけだな。

「里のみんなに囲まれて何だか結婚式みたいだな」

「っていうか、コレって結婚式なんですけどね」

「え？　そうだったの⁉」

「猫耳族の風習ですよ。祭りの中央に男女がいるっていうのは……つまりはそういうことなんです」

「ふーむ。いつの間にやら正式に結婚しちゃったってことか」

「ご迷惑でした？」

「いや、全然嫌じゃないけどな」

と、そんな感じでイチャついていると、里の他の猫耳たちが俺にお酌をしにやってきた。

「サトル様、ずっとこの里にいても良いんですよ！」

「いや、むしろサトル様、ずっとこの里にいてくださいませ！」

そんな感じで、どうやら里の人たちの俺に対する評価はうなぎ登りらしい。

それを見て、エリスは満足そうに微笑を浮かべている。

「旦那様は本当に凄いですよね」

「ん？　凄いって何が？」

「一カ月もしない内にいつの間にか里の英雄みたいになってるんですもん。さすがは私の旦那様です！」

「お前は俺のことを褒《ほ》めすぎなんだよ」

まあエロゲの世界ってことで、惚《ほ》れた異世界勇者には全肯定ってことなんだろうけど。

でも、そうだとわかっていてもやっぱりこんな風に言われると、照《て》れくさいけれども悪い気はしない。

その時、広場の隅《すみ》の方から普段俺が面倒《めんどう》を見ている子供たちがやってきた。

「サトル兄ちゃんー！　今度、剣を教えてよ！」

「にいちゃー！　わたしにはまほうをおしえてー！」

本当に獣人の子供は可愛い。

そんなことを思っていると、いつの間にやらあぐらをかいて座っている俺の膝《ひざ》の上には、子供たちが三人という状態になってしまっていた。

ただでさえ可愛いってのに、懐《なつ》かれているもんだから余計に可愛いと思えるのは仕方ないだろう。

一方、エリスもそんな様子を見てニコニコしている。

「エリス、えらく上機嫌みたいだな？」

「ええ。将来的には私の子供が旦那様の膝の上に座るわけですよね？　そう考えるとどうにも幸せな気持ちになってしまって……ふふふ」

屈託《くったく》なく笑うエリスを見ると、思わず俺の頬《ほお》も緩《ゆる》んでしまった。

と、そこで俺はあらかじめ用意しておいた大きな瓶《びん》の口を開いた。

今日は宴会だと聞いていたし、材料もあったので試しに作った逸品《いっぴん》だ。

「旦那様、それは何ですか？」

「材料があったから作ったんだけど、マヨネーズっていう食べ物でな」

「まよねーず？」

はてな？　という感じでエリスは小首を傾《かし》げる。

「まあ異世界転移といえばお約束だからな」

って言っても、エリスには全くわからないことだろう。

ちなみに卵黄《らんおう》と油と酢、それと塩があればマヨネーズっぽいものを作るのは簡単である。

やはり獣人族は人間とはほとんど交流しないようだ。

こういっちゃアレだが、生活レベルも文化レベルも俺が最初にいた王様のいる都市に比べて低いように見受けられる。

まあ、そこは田舎《いなか》ってことなんだろうけど、もちろん食文化のレベルも低いのは実体験済みだ。

新鮮な素材が手に入るからそういう意味では美味いっちゃ美味い。

だけど、調味料関係は素朴《そぼく》なものが多いんだよ。

「ってことで、これは俺からのプレゼントだ」

こんな感じで異世界転移でお約束のマヨネーズをみんなに振る舞うことにした。

「ねえねえにいちゃ？　これはなに？」

「白くて酸《す》っぱい匂《にお》いがするねー。美味しくなさそうだよ？」

「まああそう言わずに食ってみろよ」

「えー？　にいちゃがいうなら……」

「僕も食べてみるけど絶対不味いよね」

アスパラガスのフライにマヨネーズをつけるように促《うなが》してみた。

彼らはマヨネーズをつけると、おっかなビックリという風にアスパラガスを口の中に放り込んだ。

そしてパクリと一口食べた瞬間に、目をまんまるにして口々に騒ぎ始めた。

「美味しいーっ！」

「にいちゃー！　美味しいー！　とっても美味しいー！」

「お兄ちゃん！　野菜ってこんなに美味しかったんだね！」

うんうん。

みんな喜んでくれているな。

なら、これも出してみようか。

調子に乗った俺は、今度は自作のランプを取り出した。

菜種油《なたねあぶら》に紐《ひも》を浸《ひた》して灯芯《とうしん》にした、原始的なものだ。

っていうか、ずっと俺は気になってたんだよな。この里で光源と言えば、かがり火とかキャンプファイア的なものだけだ。

夜は、家の中は真っ暗で、エリスとの情事も月明かりを頼りにみたいな感じで少し困っていたのもあった。

「これで夜の明かりになるぞ。少しの油で数時間はもつからな！」

その言葉を聞いて、子供たちはポカンとした表情をしていたが、大人たちはしばらく固まって――

「本当ですか⁉」

「少しの油で夜も明るいですって⁉　織物《おりもの》の作業がはかどりますよ！」

「うわーっ！」とばかりに歓声《かんせい》が起きた。

しまいには胴上げされそうな勢いになってしまったので、俺はあまりにもお約束の展開に半笑いになってしまう。

でも、色んな異世界転移モノの主人公が次から次に現代知識を披露《ひろう》する気持ちもわかった。

この反応を知ってしまったら、楽しくてやめられるわけがない。

まあ今日はこんなもんで打ち止めにしよう。村のみんなに対する現代知識の披露はここまでだ。

だけどエリスよ。

お前には夜の現代知識にも付き合ってもらうからな。

☆★☆★☆★

宴会も終わり、俺とエリスは部屋に戻った。

エリスがベッドに転がり込んで、いつものように服を脱ごうとしたので慌《あわ》てて制止する。

「どうしたのですか、旦那様？」

「いや、今日はちょっと趣向を変えようと思ってな」

「趣向？」

そして俺はササっと手際《てぎわ》よくベッドに布を敷き始めた。

「ふむ、布……ですか？」

「ああ」と頷《うなず》き、俺は昼間に作っておいた液体の詰まった壺《つぼ》を取り出した。

「それは何でしょうか？」

「ローションだ」

いや一度やってみたかったんだよな、ローションプレイ。

というのも実はローションって、作り方自体はすっごい簡単なんだ。

具体的に言うと、材料は水と小麦粉。

それを鍋《なべ》に入れてかき混ぜる。あとは弱火で煮詰めるだけである。

それが冷めるとローションっぽいヌルヌルの液体が出来上がるわけだ。

もちろん、原材料は小麦粉と水だけなので、体にもお肌《はだ》にも優しいのは言うまでもない。

「ヌルヌルですね……？　で、これはどうやって使うのですか旦那様？」

「使い方は簡単だ。まあとりあえず服を脱ごうか」

俺たちは二人して服を脱いで、生まれたままの姿となった。

「な、なんなんですかコレは!?　ヌルヌル……ヌルヌルですよ!?」

「このヌルヌルで交わり方に幅が出てくるんだよ」

と言っても、ここから先はどうすればいいのかぶっちゃけ俺もよくわからん。

だがしかし、覚えたての猿状態の俺たちの好奇心は無限大だ。

その証拠にエリスは「これから自分は何をされるんだ？」と、期待と不安で艶《つや》っぽい感じになってるし、俺も完全に臨戦モードとなっている。

夜は長い。

今日はローションで何ができるか色々と試してみようと思う。

☆★☆★☆★

ズバリ、猫耳族の里でローションが流行《はや》った。

前提条件を説明しておくと、猫耳族の女性は種族的・文化的な意味で男も女もどっちもイケる両刀使いが多い。

ブラックドラゴンの関係で欲求不満の未亡人が増えているのもある。

そういった背景の中、十代〜三十代前半の女性同士の恋人の間で、俺が里にもたらしたローションが密《ひそ》かに大流行しているとのことだ。

まあ、要は三十代前半のマダムが十代半《なか》ばの娘をパクっといっちゃうという……そんな感じの禁断の百合《ゆり》の花がそこかしこで咲き乱れているらしい。

ちなみに、ローションの代わりに山芋《やまいも》を使ったチャレンジャーもいたと聞いている。

そして、実はエリスの祖母は薬師《くすし》も兼任していたりする。

なので、デリケートゾーンが痒《かゆ》くなった娘に説教しながら薬を渡しているのを見たこともあるんだよな。

あの時はさすがに俺も思わず苦笑してしまったが。

そして、その日の晩飯《ばんめし》の時のこと。

先ほど家の外にできている若い娘の行列を見たので、不思議に思ってエリスに尋《たず》ねてみた。

「あの行列は何なんだ？　また山芋ローションで肌がかぶれて薬を貰いに来てるのか？」

それにしては人数が多いけどな。

はてさて、どうしたことだろうと思っていると、エリスは首をフルフルと振った。

「遂《つい》に連中は家にまで押しかけてきたのです……っ！」

「ん？　押しかけてきた？」

「ええ、彼女たちは発情しているんです。旦那様の種が欲しいと、そんな感じで里中の若い娘たちが色めき立っているのですよ。全く困ったものですよね」

「発情？　俺の種？　どういうことなんだ？」

「旦那様は今や里の英雄ですからね。ブラックドラゴンと黒鬼王《オーガキング》を討伐し、更には不思議な発明の数々です。力もあるし頭も良いとなれば猫耳族の女性が発情するのも当たり前の話なんですよ」

「なるほど。つまり強き種理論で街中の娘たちが発情しているということだな？」

「そういうことになりますね。もちろん、嫁である私が今まではシャットアウトしていましたが……浮気はいけませんからね」

「え？　浮気がダメだって？　でも、エリスは重婚は全然オッケーって話じゃなかったの？」

「まあ結婚している相手であれば、誰と寝ようが百人嫁を作ろうが、千人嫁を作ろうが問題ありませんけど。外にいる人たちは旦那様とは結婚してませんからね」

うーん。

基準がわからん。が、これが猫耳族の恋愛観であり、結婚観なのだろう。

と、そこで族長がリビングに入ってきた。

「しかしエリスよ、もう少し皆の衆に寛容になってはどうじゃ？　このままでは猫耳族の里は滅んでしまうわけじゃし……なんせ、男が全然おらんのじゃからな」

その言葉でエリスも思うところがあるのか、何かを考え始めた。

そうして最終的には『ぐぬぬ……』と苦虫を噛《か》みつぶしたような顔を作ったのだ。

「けれど、おばあ様……浮気はやっぱり駄目ですよ」

「いや、エリスよ。よく考えてみるが良い。英雄、色を好むという言葉もあるじゃろう？」

「確かにそうですけども」

「そもそも、お主は何を心配しておるのじゃ？　強き者が手当たり次第《しだい》に女に手を出すのは自然の摂理《せつり》じゃぞ？　そんな小さなことを気にする女は猫耳族にはおらんはずじゃ」

「いや、おばあ様。それでも……特定の者同士で肌を重ね続けると、嫌でも情が移ってしまうでしょう？　例えば一緒に寝た女が旦那様に過剰《かじょう》に恋慕《れんぼ》の心を抱いたら面倒なことになりますもん」

「まあ、それはそうじゃな。婿殿が好きすぎるあまりにエリスに攻撃などを仕掛けるかもしれん」

「そうなんですよ。まあ、後腐《あとくさ》れのない、一夜限りの無責任なセックスなら浮気にもなりませんし何の問題もないのですがね」

問題ないんだっ⁉

っていうか浮気じゃないんだっ⁉

日本基準で考えると問題しかないように聞こえるんだけども。

しかし、すげえな……。

これがエロゲクオリティの恋愛観か。男にとって都合が良すぎる。

「それではエリスよ、こうすればどうじゃろう？　一人が思いを募《つの》らせんように……そうじゃな、十人以上で婿殿を囲み、皆で一緒に励むというルールにすればどうじゃ？」

「それなら問題ありません」

問題ないんだっ⁉

いや、ここが日本であれば大問題になるだろうけどな。

「ただし、里の娘たちを抱くのは週に二回までです。他の日は私の日ということにしますので」

「ならば決定じゃ！　婿殿にはこれから里の若い娘たちに種を授けてもらいますからの」

ビックリするくらいに俺が蚊帳《かや》の外で話が進んでいくな。

しかも俺の扱いは完全に精子タンクみたいになってるし。

しかし、ここまで来ちゃうと俺としてもさすがに倫理《りんり》的に思うところがある。

「婿殿、何かご不満ですかの？　まあ安心なされよ。自分で言うのもなんじゃが、我が猫耳族の里は美人揃《ぞろ》いじゃ。それにこちらも見目麗《みめうるわ》しい若い娘を厳選しましょうぞ」

「なんなら、旦那様が相手を選んでも良いですよ？」

「いや、相手が美人かどうかとか……そういう問題じゃなくてだな……」

と、そこでエリスは何かに気づいたように「はっ！」とした表情をして、俺に頭を下げてきた。

「これは申し訳ありませんでした旦那様」

「ん？　急に頭を下げてきてどうしたんだエリス？」

「旦那様は愛のない一夜限りの欲望をぶつけるだけのふしだらな行為に抵抗があるのですね？　これはウッカリしていました。人間と猫耳族の文化の違いも考えずに勝手に話を進めてしまいましたよ」

いや、まあ、現代日本基準なら、それには抵抗があるという人が多いだろうな。

そしてエリスは俺に再度こう尋ねてきたのだ。

「旦那様に最終確認しますが、やはり旦那様は後腐れのない、一夜限りの無責任なセックスは無理なのでしょうか……？」

無理かと問われれば、日本人の正常な男性としてはこう答えるしかない。
なので、俺は心の底からの素直な気持ちでこう言った。

「全然無理じゃないです」

いや、まあ、本当に現代日本基準なら、それは抵抗があるという人が多いと思うよ？
――公《おおやけ》な場での建前《たてまえ》とかならな。

しかも郷に入れば郷に従えという言葉もあるわけだ。ここで彼女たちの意見に賛同しない理由はどこにもない。
と、まあ、そんなこんなで、俺は週五というハイペースで十人を超える猫耳娘と夜のモフモフランドに旅立つことになるのだった。

☆★☆★☆★

猫耳族の里に来てから一カ月が経過した。

ご存じのとおり俺は働かずのニート状態だ。

というか、働こうとしたら里のみんなに全力で止められるのだから仕方ない。

曰《いわ》く、里を二度も救った上にブラックドラゴンの素材で大金までもたらした俺だ。

そんな俺に下働きのようなことをさせるのは、彼女たちの文化からすれば絶対にＮＧな行為であるらしい。

なので、仕方がないので俺は毎日食っちゃ寝の生活をしているわけだ。

より厳密に言うのであれば、目下、俺はエリス＆猫耳の娘たちとエロいことしかやってない。

と、それはさておき。

族長が言うには、この大森林において猫耳族の里の評判はうなぎ登りらしい。

というのも、この前の黒鬼王《オーガキング》の角が魔獣人王さんとやらに高く評価されたらしいんだ。

おかげで族長も鼻が高いということらしいな。

その関係で、討伐の特別報酬《ほうしゅう》として宝剣まで貰ったということだ。

「婿殿、どうぞこの宝剣を貰ってくだされ」

俺のおかげで貰った褒美だから所有権は俺にある。

そんな理屈で宝剣を貰うことになったんだが、鞘から抜いてみると……なるほど確かに不思

議な剣だった。

一目見ただけでただの剣じゃないというのがよくわかった。なんせ七色に輝いているんだから。

「なんか虹色《にじいろ》に輝いてるな？」

「凄い！　これはミスリルの剣ですよっ！　魔獣人王様の褒美としては最上級のもので末代《まつだい》まで自慢できる代物《しろもの》ですっ！」

まあ、ミスリルの武器っていったら、ゲームでは中盤の主力の武器だな。

ゲーム設定上、伝説の勇者一行が中盤に使うくらいだから、この世界では希少《きしょう》なものなんだろう。

「さすがは私の旦那様です！　こんなご褒美を貰えるだなんて……っ！」

「お前は『さすが』とか『凄い』とかそんなことばっかり言ってくるよな」

「だって旦那様は『凄い』し『さすが』なんですもんっ！」

と、二人でイチャイチャしていると、族長が苦虫を噛み潰《つぶ》したような表情を浮かべた。

「しかしのう……」

「どうしたんですか？」

「知ってのとおり、猫耳族の里は男がおらん。魔獣人王に証拠品として預けていたオーガの角も里に返還《へんかん》されたわけじゃし、これを交易で街に流さにゃならんのじゃ」

まあ、オーガの角なんて里に置いておいても無用の長物《ちょうぶつ》だしな。

人間の街やドワーフの里なんかでは武具の素材として重宝されているらしいが、あいにく鍛《か》冶《じ》の技術はこの里にはない。

「ところが最近、人間の街と大森林の中間地点でオーガの異常発生が起きておっての。現在、交易路は完全に断たれておって……塩やらの生活必需品もここしばらく届いておらんのじゃ。買いに行くのも売りに行くのもできんで、まったくもって困ったもんじゃ」

さて、そういうことなら一肌脱《ひとはだ》がねばなるまい。

俺はほとんどニートみたいなもんだしな。

「里の荷馬車を貸してもらえれば、俺がオーガの角を売って、その金で生活物資を運べるだけ買ってきますよ？」


昼下がりの森の道。

馬二頭に引かれた馬車で人間の街に向かう。

「ふふふ、旦那様と一緒に里の外に出るのは久しぶりですね！」

「ああ、そうだな」

お日様の光の下で、エリスのニコニコ笑顔が眩《まぶ》しい。

「街に行ったら一緒にショッピングして美味しいものを食べましょうね！」

「ああ、もちろんだ。でも、里のみんなの生活物資も忘れちゃダメだぞ」

「はい！　了解しました！　それと……旦那様？」

「ん？　何だ？」

ちょっぴりモジモジしていて、エリスの様子がどうにもおかしい。

そして、彼女は顔を真っ赤にしてこう言ったのだ。

「街でのショッピングの時……手をつないじゃってもいいですか⁉」

「ああ、構わんぞ。腕を組んだって一向に構わん」

「やった！　ありがとうございます！」

大はしゃぎという感じで喜ぶエリスに、ふふ……と、俺の頬は思わず緩んでしまう。

何て言うかエリスって俺と一緒にいるだけで、いっつも楽しそうなんだよな。

こんな風に剝《む》き出しの好意で接してくるのも悪い気はしない。

それどころか、ここ最近はエリスが楽しそうにしてるだけで、俺もなんだか嬉《うれ》しくなってくる始末だ。

あと、いまさら手を握るだけで恥《は》じらうような間柄でもないのに、それを恥ずかしそうに言うもんだから……そこがまた可愛い。

「旦那様。そういえば今日は二人で初めての野営ですね」

「街まで一晩はかかるって話だからなー」

「だったら今日は声を控えめにしなくてよさそうですね！」

「いつもは族長に気を遣《つか》って、声を押し殺してるからな」

うん、本当にエリスは良い娘だ。

普通にエロいことを言うし、そういう娘は嫌いじゃない。

と、そんなことを考えながら森の道をひたすら進んでいると、後ろから馬に乗った四人の武装した一団が現れた。

「旦那様！　あれは……っ!?」

「あれはどうやら人間でも猫耳族でもなさそうだな」

「……アレは……鬼なのでしょうか？」

エリスの問いかけに俺は小さく首肯《しゅこう》したのだった。

☆★☆★☆★

「ならば、今夜は我らと共に野営を張るのが良いだろうな。そうすれば歩哨《ほしょう》の負担も減る」

三人の従者を引き連れた一行のリーダー。

それは二十代後半の鬼人《きじん》の別嬪《べっぴん》さんだった。

聞けば、この人たちは猫耳族と同じ森に住んでる隣人さんということらしい。

最初は鬼人ってことでオーガと同種かと思ってビビったが、この人たちはオーガとは全然違うようだ。

見た感じは日本の昔のお武家様のスタイル。

戦闘民族ではあるけど、知能もあって話はちゃんと通じる。

何で西洋圏に属するこの世界で突然、和装キャラが？

と言われても、それはエロゲの世界だからという以外に説明のしようがない。

女の子には色んな属性があったほうが良いだろう。

そういう身も蓋《ふた》もない理由で、納得するしかない。

「でも、どうしてそちら様はオーガキングの討伐をしているんですか？　森の亜人同盟の取り決めとしては、今回のオーガ狩りは猫耳族の仕事でしょう？」

「我ら鬼人族は同盟の中では武闘派で知られていてな。猫耳族を蔑《さげす》むわけではないが、オーガキングを猫耳族に先に討伐されたとあっては……武人としては黙っておけぬということだ」

事情は大体わかった。

ってか、この人本当に別嬪さんだな。

エリスみたいに可愛いとかじゃなくて、物凄い綺麗って感じだ。

凛々《りり》しい眉毛《まゆげ》で、まつ毛とか信じられないくらいに長い。

腰まである黒髪はツヤツヤで、長身でスラっとした手足はモデルさんを思わせるな。

七割の女らしさに、三割のカッコよさと凛々しさって感じか？

そんな彼女は和装の上から戦国武将よろしく甲冑《かっちゅう》を身にまとい、その風情《ふぜい》は兜《かぶと》なしの鎧武者《よろいむしゃ》といった感。

装束《しょうぞく》どおりに武人ということで、見ただけで鍛《きた》えこまれていることがよくわかる。

とはいえ、筋肉質とかそんな感じは一切なく、中距離とか短距離が得意な陸上女子を思わせるような健康的な肉体美を誇っている。

と、そこで俺はあることに気づいて「はっ！」と息を呑《の》んだ。

「どうなされたのだサトル殿？」

「あの、後ろを向いてもらっても良いですか？」

「ああ、構わんが？」

訝《いぶか》しげな表情で鬼のお姉さんは後ろを向いた。

そして俺は「やっぱりだ」と絶句したのだ。

さっきも言ったが、お姉さんの服装は和装＆甲冑だ。

で、腰には刀《かたな》を差しているわけで。

そんでもって、後ろを向いた彼女のお尻《しり》は——


——丸出しだった。


前から見ると鎧武者。けれど、後ろには何も着けていない。

上半身は完全に普通で、下半身についても前面は普通だ。

けど、下半身の後ろだけやっぱり布がない。つまりは大昔のギャグマンガに出てきたびんぼっち〇まスタイルなのだ。

つまりはTバック状態のフンドシがモロ見え状態で装着されていたのだ。

「ともかくよろしく頼む。私は鬼人族の里のアカネという」

やっぱり思った通りだ。

自己紹介にあったとおり、この女性はゲームのヒロインの一人である——鬼姫侍：アカネだった。

月夜の森――。

野営の準備を終えた俺たちは、焚火《たきび》を囲んで食事の段取りについて話をしていた。

「え？　アカネさんたちは醬油《しょうゆ》を持ってるんですか？」

「ほう、醬油を知っているのか？　こちらの調味料を知っているのなら話は早いな。醬油だけでなく味噌《みそ》も米も砂糖もあるぞ」

食材としては既に森の中で小さいイノシシと、野生のニンニクとショウガは採取している。

久しぶりの日本食を味わえそうってことで、俺のテンションは否応《いやおう》なしに上がっていく。

「いやあ、醬油や味噌の料理が食べれるなんて感動ですよ」

「ほう、サトル殿は和食が好きなのか？」

「ええ。俺が以前住んでたところと同じ調味料なので」

「しかし残念だな」

「え？　残念？」

「今回私たち四人は生粋《きっすい》の武人だけで構成されているわけだ。無論、調理などまともにしたこともない」

「本当に全然料理できないんですか？」

「うむ。剣なら振れるが包丁の扱いはからっきしでな」

ふーむ。これはどうしたものか？

まあ、俺も一人暮らし長いしな。

男の料理っていうカテゴリーであれば、それなりに美味いものは作れる。

「それじゃあ俺が作りますよ。醤油と味噌と砂糖をお借りして良いですか？」

アサツキというネギの仲間も採取している。

ニンニクとショウガとイノシシ肉もあるし、これだけの材料があれば十分だ。

「こちらとしてはそれで構わん。私たちでは調味料や材料を持て余してしまうだろうしな」

と、まあそんなこんなで、俺はフライパンを手に取ったのだった。

☆★☆★☆★

「美味い！　美味いぞサトル殿！」

「旦那様！　鬼人族の里の調味料とはこんなに素晴らしいものだったのですね！」

「ニンニクの香りがたまらんぞ！」

「いやいや、俺は生姜《しょうが》焼き派だ！　こりゃすげえ！」

ちなみに作った料理は次の通りだ。

・イノシシ肉の即席ニンニク味噌漬《づ》け
・イノシシの生姜焼き

まあ、こんなもんは誰が作ったって簡単で美味い。

ちなみにエリスについては小さな丼《どんぶり》を二つ用意して、味噌肉丼と生姜焼き丼としている。

何でかって言うと、エリスはパン食だからだ。

鬼人族は普段から米を食ってるから問題ない。

が、エリスにはオカズとご飯っていう概念を理解できないと思ったので、強制的にご飯と混ざる形の丼にしたということだ。

「あ、俺の分も残しといてくださいね？」

と、そこで鬼人族の四人は満面の笑みで「おかわり！」とご飯を要求してきた。

人の話聞いちゃいねえな。

苦笑いするが、まあ喜んでくれてるならこっちも嬉しい。

しかし、武闘派の体育会系だけあって、やはりよく食うな。

こりゃあ、本当に俺の分までなくなりそうだと、俺は慌てて大皿から自分の分のオカズを確保する。

と、その時、食事の手を止めたアカネはこちらに向けて「はてな?」と小首を傾げた。

「どうなされましたか、姫?」

「ああ、サイゾー……何か変なのだ」

「変とおっしゃいますと?」

「……力がみなぎっているような気がする」

アカネは自身のものと思われるステータスプレートを取り出した。

「やはりそういうことか。お前たち、ステータスプレートを見てみろっ!」

残る四人もステータスプレートを取り出し、それぞれが「あっ」と声をあげた。

「こいつはすげえっ!」

「何てこった!」

「原因は……この料理だってのか?」

ん? なんか騒いでるけどどういうことなんだ?

疑問に思っているとエリスが俺にステータスプレートを差し出してきた。

「旦那様。どうやらこういう状況みたいです!」

ステータスプレートを受け取ると、はたしてそこにはこんな感じの文字が浮かんでいた。

・エリス
レベル17
ＨＰ　１６７／１６７
ＭＰ　１２４／１２４
筋力　71（＋45）
魔力　62（＋40）
敏捷《びんしょう》　１５２（＋76）

エリスは敏捷特化の魔法剣士っていう感じなのかな？

まあ、猫耳族なので敏捷特化ってのは何となくわかる。

けど、このプラスっていう数値は何なのだろう？

「エリス、この下のプラスってのは何なんだ？」

「バフ効果です。みんな旦那様の料理を食べてこうなったんですよ。しかし本当に旦那様は凄いですね、今度はどんな秘術を使ったのですか？」

ん？　バフ効果？

ああ、ゲームとかによくあるステータスに＋10％の補正をするとか、そんな感じのやつか。

でも何で俺の料理でそんなことになるんだろう?

――スキル:老師《ラオシー》が発動しました

おお、老師! 説明してくれるのか! ありがとう!

――太公望《たいこうぼう》のスキル:仙界《さんかい》三分クッキングが発動済みです

明らかにキ〇ーピー三分クッキングのパクリだが、まあ、ここはエロゲーというかバカゲーの世界だ。

突っ込む方が無粋《ぶすい》だろう。

――二十四時間限定で、食事を食べた者にバフが発生するスキルとなります

うん、ありがとう。大体の状況はわかったよ。

そこで鬼人族の四人が俺たちに頭を下げてきた。

「これが噂《うわさ》に聞く料理バフか。それにステータスが半分以上も上昇するとは……オーガキング

との決戦を前にありがたい」

深々と頭を下げるアカネだが、エリスは「おかしいですね……」と訝しげな表情を浮かべている。

「どうしたんだエリス？」

「料理バフは普通は数パーセントとかの効果のはずなんですよ。こんな高い効果を上げるには……例えば何かを生贄《いけにえ》に捧《ささ》げるとか……？　いや、それでも難しいでしょうね」

まあ、その辺りは俺のステータスが文字化けしてることと何か関係があるんだろう。

そこでアカネは俺に対して再度頭を下げてきた。

「実を言うと、私たちの戦力ではオークキングを狩れるかどうかは微妙なところだったのだ」

そして、アカネはニコリと笑った。

「私はこれほどまでに秘術を惜しげもなく使い、我々を応援してくれるサトル殿の男気が気に入ったぞ！」

いや、別に応援してるわけでも秘術を使ったわけでもないんだけどな。

「さあ皆の衆！　他部族にここまでされて、討伐が失敗したとなれば鬼人族の武人の名折《なお》れとなるぞ！」

そのまま何やら盛り上がった四人は円陣を組み始めた。

「明日は必勝だ！」

「「「お————！」」」

いや……。

何というかマジでノリが体育会だな。

まあ良い人たちそうだし、この人たちの役に立てたなら俺も嬉しいよ。

☆★☆★☆★

早朝未明。

四人は森の中のオーガキングの集落に向けて出立《しゅったつ》していった。

「手伝おうか？」と言ったんだけど、「申し出はありがたいが、鬼人族単独の仕事とさせてくれ」と固辞《こじ》された。

ちなみにアカネたちも討伐後に人間の街に向かうということで、親睦《しんぼく》を深めるために是非《ぜひ》とも一緒に行こうという話になっている。

で、俺たちはアカネたちの帰りを待っているわけなんだけど、俺の目に嫌なものが映った。


「おいエリス」

「どうしたんですか旦那様？」

「遠くにオーガキングが十体見える。それもオーガを百体以上引き連れてあっちに向かっているぞ」

「私には見えませんが旦那様が言うならそうなのでしょう。しかし、方角的に……向かっている先はアカネさんたちが向かった集落ですよね？」

「援軍ってことだろうな」

「アカネさんたちはオーガキングをギリギリ一体相手取《あいてど》れるかどうかって話でしたよね？」

「まあ、こうなったら仕方ないな」


俺がテントの近くに置いていたナップザックを手に取ると、エリスが声をかけてきた。


「何をするつもりですか旦那様？」

「ちょっとお手伝いってやつだ。鬼人族の仕事ではなくなってしまわない程度に……な」

☆★☆★☆★

「うん、良い切れ味だ」

魔獣人王とやらに褒美としてもらったミスリルソードの使い勝手は凄く良かった。

何せ、スパっ！　スパっ！　スパっ！　って感じでオーガキングの角がバンバン切れちゃうからな。

「ギャアアアア！」

「たわらばっ！」

「ヌグレボバッ！」

思い思いの悲鳴をあげて、瞬《またた》く間にオーガキング十体が倒れた。

で、残りのオーガたちは「あわわ……っ！」とばかりにビビりまくり、来た方向に回れ右して帰っていくことになった。

「オーガの援軍はこれで始末《しまつ》完了だな」

追撃《ついげき》しようとも思ったが、今はアカネたちが心配だ。

オーガキングの素材も回収せずに、俺はオーガキングの集落がある森に向かって駆け出した。

で、森を小走りで行くこと五分程度。

森が開けた場所に出たんだが、そこには湖があった。

「あ……」

俺は思わず声をあげてしまった。

というのも、そこには全裸《ぜんら》のアカネがいたんだ。

真っ赤に染まった服を洗っているようだ。どうやら彼女はオーガキングの討伐に成功して、今は返り血を洗い落としている最中ってところか。

ちなみに、アカネの従者はこの場にはいない。

「……」

「……」

見つめ合うこと数秒。

しばし固まっていたアカネだったが、次第《しだい》にその頬を真っ赤に染め上げていく。

そして、開口一番《かいこういちばん》こう言い放った。

「せ……責任は取ってくれるのであろうな!?」

「え？　どういうことですか？」

アカネは更に顔を真っ赤にして、半泣きになりながらこう叫んだんだ。

「乙女《おとめ》の肌を見たことに対する責任だっ！　我が部族では婚姻前に他人に肌を見せてはならんのだ。しかもだな……もしも婚姻前に裸《はだか》を見られた場合、結婚しなければならんという鉄の掟《おきて》がある！」

うん、物凄くよくある設定だ。

無論そこについては疑問はない。だって、これエロゲー世界だからな。

でもさ、俺は素朴な疑問として思うんだよ。

肌を見られたら結婚だって？

それを言うなら……普段からアンタはお尻丸出しでしょうに。

☆★☆★☆★

森の道をアカネと二人で歩いていく。

「と、ともかくサトル殿！　責任は取ってもらうからな！」

さっきから俺を男として意識しているのか、アカネは常《つね》に顔が真っ赤だ。

目も合わせてくれないし、挙動不審《きょどうふしん》だし……。

まあ、口調は勇ましいんだけど、態度は明らかにキョドっているのがちょっと可愛いのは認めよう。

「でも、俺にはエリスっていう嫁がいるわけですしね」

「申し訳ないが、エリス殿とは別れてもらうことになるな」

「いや、でも嫁と別れろって、言ってること無茶苦茶《むちゃくちゃ》ですよ？」

「私もそれは理解している。本当であれば私は第二夫人というのが筋《すじ》だろう」

ん？　どういうことだ？

猫耳族は重婚が普通らしいが、鬼人族は一夫一妻制だから彼女はエリスと別れろと言っているんじゃないのか？

「ええと、重婚そのものはアリなんですか？」

「ああ、この文化圏で重婚に異を唱《とな》えるような女はおらん」

まあ、そこはエロゲだからな。

男に都合が良い世界というのはわかる。

「サトル殿、私の部族では重婚には条件があるのだ」

「条件？」

「自身よりも強き武人であれば、重婚は可。だが、自身よりも弱き武人であれば、その男は女に独占されるのだ。自分よりも弱い者と婚姻するわけだから、それは当然そうなる」

うーん。

まあ、強き種の理論ではそういうことになるんだろう。そこもわからんでもない。

「いや、でもそもでもですね？　俺とアカネさんが出会ったの昨日の話ですよ？」

「サトル殿のバフ効果……アレを私は高く買っている。戦闘以外の特技も認められるのならば間違いなくサトル殿は重婚可能者だろう。しかしそこは文化の違いで申し訳ないが、部族的にはバフ能力だけでは重婚可能者だと認めるわけにはいかんのだ」

「いやいや、強いとか弱いとかの話じゃないでしょうに？　俺たちが出会ったのは昨日のことで、早急すぎるって言ってるんです」

そもそも、俺とアカネのどっちが強いかってのもわかってないわけだし。

そんなやりとりをしているうちに俺たちは昨日の野営地に到着したわけだ。

と、その時、エリスが俺に向けて声をかけてきた。

「旦那様ー！　旦那様がさっき一人で倒したオーガキングの角十本ですが、回収しておきましたよー！」

エリスは両手にオーガキングの角を持ってニコニコと笑っている。

「サトル殿。オーガキングを十体討伐したというのは事実なのか？」

「ええ、まあ一応」

その言葉を受けて、アカネは即座に正座の姿勢をとった。

そしてアカネは三つ指をついて深々と頭を下げたのだ。

「ど、どうしたんですか急に？」

「サトル殿……どうか私を……」

そこでアカネはしばし押し黙り、一呼吸置いてからこう言ったのだった。

「貴方様《あなた》の二人目の嫁としてお迎えください」

どうやらそういうことになったらしい。

☆★☆★☆★

その日もそこで野営することになった。

というのも、結婚初夜を昼間からおっぱじめたいというストレートな申し出を受けたためだ。

ビックリするくらいに俺は置いてけぼりで話が進んでるんだけど、一連の話を聞いたエリスはといえば――

『うーん。それは困りましたね』

『本当に困ったもんだよ』

『アカネさんが生娘《きむすめ》……処女ということであれば、一人目の嫁として私は新参者をちゃんと教育しないといけません。行為の最中に、旦那様に粗相《そそう》があってはいけませんからね』

え？　何言ってんのコイツ？

ツッコミを入れる間もなくエリスはアカネを連れてテントの中にこもってしまったのが現状

だ。

「旦那様。もう入っても良いですよ」

テントの中に入ると、裸に剝《む》かれたアカネがうつ伏せになっていた。

鍛え上げられているはずの肢体《したい》は予想外に女性的な丸みをふんだんに帯びており、武者というよりは……やはり姫という言葉が似《に》つかわしい。

着やせするタイプなのだろうか？

元々小さいとは思っていなかったが、胸は十分巨乳と呼べるサイズに達している。

乳輪《にゅうりん》の直径は……５００円玉よりも明らかに大きく、エリスの控えめな胸とは対照的だ。

それはさておき、サムライ魂《だましい》はどこへやら、顔を真っ赤にして借りてきた猫みたいな状態になっている。

「エリス？　つまり……これはどういうことなんだ？」

俺の問いかけに、エリスは真顔《まがお》になって小首を傾げた。

「私は今日はアカネさんのサポート役なんですよ。あ、でも……ひょっとすると旦那様は……」

「ん？」

「三人で励むというのは無理なのでしょうか？」

そう問われ、俺は素直な気持ちでこう言ったんだ。

「全然無理じゃないです」


そんな感じでアカネの初夜はなし崩《くず》し的に三人で楽しむことになった。

が、アカネは当初、マグロだったんだよな。

けど、エリスの指導のせいもあってか、途中からはノリノリになった。

つまりは俺は二人に散々《さんざん》責め立てられることになったんだよ。

まあ、途中からは太公望のスキルのゴールデンフィンガーで逆に無茶苦茶にしてやったがな。

しかし、やはり二人よりも三人のほうが楽しいな。何と言っても色々と多重同時の刺激があって楽しい。

まあ、その分疲れるけど。

と、まあそんなこんなで――。

俺の嫁は一人増え、夜の生活がにぎやかなことになりそうなのだった。

☆★☆★☆★

俺と交わった直後から、エリスは片乳丸出しをやめた。

それと同じく、アカネも突然「どうして私は今までこんな恥ずかしい恰好《かっこう》を……？」と、失神しそうなほどに恥ずかしがった。

で、今は普通に丸出しではなくなっているんだけど、これってどういう理屈でこうなったんだろう？

ちなみに昨日のハッスルの状況としては、アカネと二十回、エリスと七回の合計二十七回だった。

この回数は明らかに無茶だが、できてしまうものは仕方がない。

ヘロヘロ状態にはなってしまうものの、この回数ができる理屈がどうなっているのかは気になるところである。

しかし、このエロゲ世界は謎が多い。
・俺のステータスの文字化け
・謎のスキルラーニング現象（いつの間にかアカネの剣技も習得していた）
・行為後、エリスやアカネにおっぱいやお尻が丸出しであることを指摘《してき》すると正気に戻って恥ずかしがる
・俺の股間《こかん》のジュニアがとんでもなく高性能

パっと思いついただけで謎はこれくらいあるんだが、まあそれはさておき。

一夜を過ごした俺たちはテントを畳んで朝飯を食って、人間の街へと向かうことになった。

「旦那様、あと半日も行けば人間の街ですよ」

「サトル殿が討伐したオーガキングの角を売れば、相当な金銭となるでしょう」

オーガキングって相当な魔物らしいんだよな。

角が一本で衛兵《えいへい》さんの給料一カ月分くらいになるらしい。

日本だとザックリ月給三十万くらいと考えて、十本で三百万くらいか？

実感はないけど、そう考えると相当な収入だよな。

そうなれば、エリスとアカネに服やアクセサリーのプレゼントくらいはしてやろうかな。

そんなことを考えながらニマニマしていると、エリスは深く溜息《ためいき》をついた。

「アカネさんのことなのですが……」

物凄く深刻そうな表情なので、こっちもマジになって聞き返してみた。

「どうしたんだ？」

「アカネさんは戦闘能力としては私よりも遥《はる》かに格上です。夜の技術は私のほうが上ですが、それも経験を積まれるとアドバンテージがなくなってしまうのですよ……旦那様に捨てられないか心配で」

あまりにもくだらない悩みだったので、俺は一笑に付《ふ》した。

「笑わないでください旦那様。猫耳族にとって力は重要なのですよ」

猫耳をへにゃっと倒して、エリスはシュンとした表情を浮かべる。

まあ、脳筋の一族ってことは知っているからわからんでもないけど。と、その時——

「オーガです！」

「何ということだ！　サトル殿……サンダーバードも四体現れました！」

「サンダーバードってのは何なんですか？」

俺の問いかけにエリスが応じる。

「旦那様。サンダーバードはAランク級の討伐難度の魔物で、ブラックドラゴンと同等とお考え下さい。それにアカネさんたちは対空攻撃手段を持っていないので、こちらが不利です！」

「なら、空は俺が担当する！　エリスはアカネたちと協力してオーガをやっつけてくれ！」

☆★☆★☆★

で、まあ、俺たちの圧勝に終わった。

開幕早々、エリスからラーニングしていた風魔法をサンダーバードにぶっ放して一撃で全滅。

一方、アカネは超一流の剣士だし、エリスも一流の剣術と一流の魔法を扱える。

結果的にはアカネとエリスの独壇場で、アカネの従者たちが出る幕はなかった。

けれど、エリスは自分の戦果に納得がいかないようで、深い深い溜息をついたんだ。

「どうしたんだエリス？」

「私が八でアカネさんが十五。範囲魔法を扱える私が殲滅戦で後《おく》れを取るなんて……これでは第一夫人として立場ないです」

うーん。

なんだかエリスは本当に悩んでいるようだな。

そこでアカネが声をかけてきた。

「サトル殿、サンダーバードはオーガキングと違い肉も高値《たかね》で売れます。街まで持っていきたいのですが許可を頂きたい」

「そりゃあ構わんが、馬車に載《の》せるのか？」

そう応《こた》えると、アカネは俺の荷馬車を見て溜息をついた。

「確かにこの荷馬車では、残念ながら一体を運ぶのが限界ですね」

と、そこで俺の頭の中で声が響いた。

──スキル：老師《ラオシー》が発動しました
──太公望のスキル：アイテムボックスが発動しました
おいおい、何でもアリだな太公望!?
アイテムボックスって言えば異世界転移者が受ける特典ってのがお約束だろ!?
まあ、ともかくありがとう老師。

その時──

アカネの従者が空を見上げて驚愕《きょうがく》の表情を浮かべた。

「ひゃあ！」

「あ……アレはっ!?」

そのまま三人はその場で尻もちをついた。

続けて空を見上げたエリスとアカネも同じく絶望の表情を浮かべる。

はてさて、これはどういうことだ？　と思って俺も空を見上げると、はたしてそこには金色に輝くフクロウが宙を舞っていた。

「エリス、アレは何だ？」

「旦那様。アレは討伐難度ＳＳＳ級……羅刹鳥《らせつちょう》です！　いくら旦那様と言えど、今までのよう

のだろう」

「サトル殿。羅刹鳥はサンダーバードの心臓を主食とするという。恐らくはそれを狙《ねら》ってきた

にはいかないでしょうっ！」

おいおい、みんな表情がマジだしコレはちょっとヤバいんじゃなかろうか？

そう思った時、俺の頭の中で声が響いた。

——太公望スキル：仙界の序列の使用を推奨《すいしょう》します

仙界の序列？　どういうことだ？

——回答：中華圏に属する神獣や聖獣について、相当以上の力の差があれば五体まで使役《しえき》できます

ん？　待てよ？

でも、それって俺と羅刹鳥に相当な差がないとダメってことだろ？

尋ねてみたが、老師からの回答はない。

ってことで、仕方がないのでスキルを使ってみた。

「スキル・仙界の序列を行使する」

俺がそう呟《つぶや》いた瞬間、辺り一面が光に包まれる。

そして金色のフクロウは俺のところにゆっくりと舞い降りてきたんだ。

お？　効《き》いてるのか？

そのまま羅刹鳥は、俺が突き出した右手に止まった。

それで肩までちょこちょこと歩いてきたんだよ。

そうして最終的に羅刹鳥はスリスリと俺の顔に頬ずりしてきたんだ。

「旦那様？　ひょっとして羅刹鳥を倒すどころか……まさかとは思いますが手なづけられたのですか!?」

エリスの顔から血の気が引いていき、グルンと白目を剥いて彼女はその場に倒れてしまった。

「失神なんて大袈裟《おおげさ》なんだよ。なあ、みんなもそう思わないか？」

そう言いながらアカネと従者に視線を向けると——

——四人揃って既に失神してその場に倒れていた。

☆★☆★☆★

街へと向かう荷馬車でエリスがこんなことを言い出した。

「うう。旦那様はこんなに強くて凄いのに……私はアカネさんにも負けているんです……」

ちなみに羅刹鳥はフクロウっぽい見た目なので、福次郎《ふくじろう》と名付けた。

基本は俺の半径数百メートル以内で自由気ままに飛んでいる。

だけど、呼べば肩の上に乗ってくるし、俺に甘えたくなれば向こうから来てスリスリしてくるしで、なかなかに可愛い。

それはさておきエリスが深刻に悩んでいるみたいなので、どうしたもんかと考える。

と、その時、頭の中で声が響いてきた。

——スキル：老師《ラオシー》が発動しました
——親愛度限界突破を確認
——条件達成につき、ヒロインを覚醒《かくせい》させますか？

何？　ヒロイン覚醒だと？

そういえばこのゲームのヒロインには確かに覚醒機能があったな。

これは、自分の非力を悩んでいるエリスには丁度《ちょうど》良いだろう。

もちろんイエスだ。

すると、荷馬車に乗っている二人の体が突然輝きだした。

「おおおおおおお!?」

「なんですかこれはあああああ!?」

で、光が収まると、はたしてそこには――

布が消失して、両乳が丸出しになったエリス。

そして、尻だけじゃなくて背中も全部布が消えて、完全びん○っちゃまスタイルとなったアカネの姿があったんだ。

「旦那様！　力がみなぎっています！」

「ステータスプレートによると……馬鹿《ばか》な!?　ステータス三倍だと!?」

いや、君たちの見た目から察するとそれは最終覚醒の脱げ具合だ。

だったらそりゃあ、それくらいは伸びるだろう。

しかし、いくつもの覚醒段階をすっとばして、いきなり最終覚醒だと……？

エリスとアカネはステータスプレートを互いに見せ合って、何やら話し込んでいる。

そして、二人のヒソヒソ話が終わるのを待つこと数十秒。

どうやら二人の実力はほとんど互角《ごかく》ということが判明した。

まあこれについては完全に納得だ。

アカネは姫……つまりは希少なプリンセス職の枠《わく》で強キャラなんだよな。

他方、エリスは最初は雑魚《ざこ》だけど覚醒すると強くなるキャラなのだ。

元々の力にはかなり差があったようだが、覚醒がキッカケでその差はなくなったということだろう。

「旦那様。私、強くなりました！」

「今の私たちなら難易度S級の魔物も単独で討伐可能でしょう！」

満足げな二人を見て俺はうんうんと頷いた。

だけど、俺としては彼女たちに言っておかないといけないことがある。

「嬉しいのはわかるが、とりあえず胸とお尻を隠そうな」

その言葉で二人はポっと顔を赤くし、荷物から布を取り出して体に巻きつけたのだった。

☆★☆★☆★

人間の街へと向かう途中、ダンジョンに遭遇《そうぐう》した。

アカネ曰《いわ》く、それは新種のダンジョンということだ。

こうした場合、人間の街に行って冒険者ギルドにダンジョンの所在を報告し、大規模な探索隊を組んでもらうのが通常の対応ということなんだけど——

「うずうず……」

「うずうず……」

覚醒したばかりの自分の力を試したいエリスとアカネがそわそわしていた。

なので、仕方ねーなとばかりに俺たちはダンジョンに潜り込むことになったのだ。


「姫……っ！　武神のようなその動き——何があったのです!?」

「エリス殿も一流の使い手とは聞いていましたが、これほどとはっ！」

そんな感じでアカネの従者が騒いでいたんだけど、まあ本当に壮観《そうかん》としか形容のできない光景だったな。

ダンジョンの中にはオーガキングが二十以上いたんだけど、その全《すべ》てを返り血すら浴びずに二人でやっつけちまったんだから。

最終的に鬼獣王とかいう馬鹿みたいにデカい、斧《おの》を振り回すユニークモンスターが出てきた。

ちなみに討伐難度はSSクラスで、田舎の冒険者ギルドでは討伐隊を組んでも到底《とうてい》手に負えないレベルって話だ。

「くそっ！　なかなかに手ごわいっ！」

「アカネさん！　私がサポートしますので……回復魔法《ハイヒール》」

最終覚醒しているとはいえ、二人はまだまだレベルが低い。

俺の《仙界三分クッキング》のバフ効果を併《あわ》せても互角……いや、少し劣勢だな。

既にかなりの回数を斧と刀で撃ち合っているが、パワー負けしているのは明らかだ。

アカネはアカネなりに、敵の圧倒的パワーをスピードと技《わざ》で補《おぎな》ってはいるんだが……って、いかん！

アカネの刀にヒビが入った！

それに気づいてないアカネが鬼獣王の斧を刀で受けようとしているぞ!?

まずい……このままじゃ武器を破壊されて、そのまま頭も割られてしまう！

「サトル殿!?」

途中で割り込んだ俺が、ミスリルの剣で斧を受けた。

そして、続けざま、俺は飛び上がり鬼獣王に向けて脳天唐竹割《からたけわ》りを敢行《かんこう》したんだ。

「どりゃあああああっ！」

気合一閃《いっせん》。

上段から剣を振り下ろすと共に鬼獣王の体は真っ二つに裂けて、その場に崩れ落ちることになった。

「サトル殿……流石《さすが》としか言葉が出ませんっ！」

「やはり、私たちの旦那様は本当に凄いですね！」

「いや、お前たちも本当に強くなったと思うよ」

俺たちはニコニコとみんなで笑ってたんだけど、アカネの従者たちは「あわわ……」とばかりに、腰を抜かしていた。

「サトル殿はわかるとして、本当に……姫に何があったんだ？」

「鬼獣王と十数回も撃ち合うなど……アカネ様のお父上でもできるかどうか……っ！」

「それにエリス殿の剣と魔法を変幻自在に操《あやつ》るあの動きは、かつての猫耳族の英雄を思わせるぞ」

と、そこでエリスがペコリと頭を下げてきた。

「旦那様。こんな素敵《すてき》な力まで授けてくださってありがとうございます！」

と、まあ、そんなこんなで俺たちは魔物たちの角を回収し、今度こそ本当に人間の街に向かったのだった。

# 第三章 決戦！　異世界の風俗嬢！

人間の街に到着した俺たちは冒険者ギルドへと向かった。

そこはファンタジー世界の冒険者ギルドのイメージそのままの場所だった。

依頼募集の掲示板があって、受付カウンターのある部屋は酒場と食堂も併設されていて、昼間っから屈強《くっきょう》な男たちが飲んでいるって感じだ。

で、カウンターにはエルフの受付嬢がいるわけだ。

「素材の買取をお願いしたいのですが」

「素材の買取？　これは珍《めずら》しいですね」

「珍しい？　ギルドと言えば買取業務は日常のことでしょう？」

「普段はそうなのですが、今は交易路を荒らすオーガの討伐《とうばつ》隊が組まれている関係で、外で採取や害獣駆除《くじょ》をしている人が非常に少ないのですよ」

「ああ、そうなんですか」

「オーガが他の魔物も襲《おそ》って食べていますしね、狩《か》りに出てもロクな魔物がいないので、討伐隊選考から外れたベテラン級以外の冒険者は開店休業中です。まあ、貴方《あなた》たちのような一般市民が、街の中でも手に入るような安価な低級薬草素材を、小遣《こづか》い稼《かせ》ぎに持ち込んできたりしますが。それで、何を買い取ればよろしいので？」

　アイテムボックスを呼び出して、オーガキングの角《つの》を一本出したところで、エルフの受付嬢は「ほう」と溜息《ためいき》をついた。

「オーガキングの角……ですか。先ほどは小遣い稼ぎなどと言って失礼しました。貴方たちは一流の冒険者のようです」

　次いで、俺がオーガキングの角を二本目、三本目と出すとエルフの受付嬢の顔色がみるみる変わっていった。

　そうして、総計四十本程度のオーガキングの角を積み終えた頃には、その顔色は蒼白《そうはく》に染まっていたのだ。

「こ、こ、こ、こ、これは、いったいどういうことなのでしょう？」

　うわ言のようにそう呟《つぶや》いたところで、俺はアイテムボックスから更《さら》にサンダーバードの死骸《しがい》も取り出した。それを見たエルフの受付嬢は──

「うひゃっ!?」

　っと、そんな感じで、悲鳴とも奇声《きせい》ともとれる声を発した。

「肉は一部持ち帰りたいんですけど」

「さ、さ、さ、サンダーバードっ⁉　討伐ランク……Ａランク⁉　そ、そ、それでそれで……Ｂランクのオーガキングの角も四十本……え？　え？　ええっ⁉」

半ば放心状態《なか》となっている受付嬢さんの前に、俺は更にサンダーバードの死骸を積んでいく。

「全部で四体あります」

「……」

「どうかしましたか？」

「……」

「あの、受付嬢さん？」

「……あ、いえ……あまりのことに我を失っていました。ちなみに、貴方様たちはどちらの英雄ご一行様ですか？　長期遠征からお帰りですか？　事前に連絡をくださらないと困りますよ、ここは田舎《いなか》のギルドなのですよ？」

「いや、英雄とかそんなんじゃないですけど」

と、俺は最後にコトリと鬼獣王の角をテーブルカウンターに置いた。

「これで最後です。買取金額は全部でいくらになりますか？」

だが、俺のその言葉には答えず、「鬼獣王の角……ＳＳランク……」と呟きながら、受付嬢は白目を剝《む》いて失神し、そのままバタンと後ろに倒れたのだった。

しかし、毎度思うがこの世界の人間ってどうしてこんなに大袈裟《おおげさ》なんだろう？

「大丈夫ですか？」

「あ、いや、その……失礼しました」

俺の問いかけで受付嬢は気絶から目を覚ました。

そして青ざめた表情で素材の買取計算を始めたのだ。

「しめて金貨五千四百枚となります。金貨では持ち運びが大変ですので、オリハルコン通貨五十四枚での決済ですね」

確か街の衛兵《えいへい》さんの月給が金貨三十枚くらいなので、ザクっと金貨一枚一万円くらいと計算して……。

五千四百万円か。

何というか震えのくる金額だな。

ちなみに、買取の内訳はこんな感じだ。

・オーガキング：三十枚×四十体
・サンダーバード：三百枚×四体
・鬼獣王：三千枚×一体

いやー、すげえな。

いきなりちょっとした金持ちじゃねえか。これは笑いが止まらんなと俺の頬《ほお》はニヤけてしまう。

と、その時、ギルドのドアから二十人くらいの屈強な男たちが入ってきた。

「どうなってんだよ受付嬢！　新ダンジョンが死体だらけになってたぞ!?」

「え？　死体だらけになっていた？」

「しかも、鬼獣王の死体まであったぞ!?　帝都の冒険者ギルドからSランク級の連中にでも派《は》遣要請《けんようせい》してたんだったら、最初からそう言えよなっ！」

それを聞いて、受付嬢さんは「ひょっとして……」と俺たちに視線を向けてきた。

「貴方様たちが新ダンジョンの討伐を？」

その言葉を受けて、討伐隊のリーダーと思《おぼ》しき男が俺に詰め寄ってきた。

「おいおい、冗談よせよ？　こんな普通っぽい兄ちゃんがオーガキングの集団をやったとでもいうのか、鬼獣王までいたんだぞ？」

そこでエルフの受付嬢は恐る恐るという風に、先ほど買い取ってもらった鬼獣王の角をカウンターテーブルに置いたのだ。

「これは鬼獣王の討伐部位です。この方たちがここに持ち込んだもので……」

「ギョっ！」とした表情で全員がその場で固まり、「マジかよ……何者だこいつら……？」と、俺たちの顔をマジマジと眺《なが》めてくる。

「それじゃあ俺はこれで失礼しますね」

と、面倒《めんどう》なことになる前に俺たちはその場からそそくさと退散したのだった。

☆★☆★☆★

「しかし、やはり旦那《だんな》様は凄《すご》いですね。はじめて訪れた冒険者ギルドでいきなり全員に一目置かれてしまうなんて」

「いや、それはむしろ当たり前のことだぞエリス殿。なにせ、サトル殿は一撃でSSランクの鬼獣王を屠《ほふ》ってしまうような武人だからな」

と、まあ、そんな感じで俺たちは今、串焼きを食べながら街を歩いているわけだ。

昼飯《ひるめし》を食ってなかったので、屋台なんかを巡《めぐ》りながらの食べ歩きってやつだな。

「旦那様。私……今から古本市場に行ってきても構いませんか?」

「古本市場?」

そう尋《たず》ねると、エリスは申し訳なさそうにこんなことを言ったのだ。

「お料理の本を買って勉強したいのです」

その言葉でアカネは「なるほど」と頷《うなず》いた。

「ならば、私は家政婦の本だな。これから一緒に住むわけだし、せめて掃除や洗濯の基礎くらいはきちんと学びたい」

「いや、お前らは超一流の武芸者なのに、どうして家事を勉強するつもりなんだ？」

そう言うと、エリスは軽く頰を染めながら、まつ毛を伏せてこう言った。

「あの……その……。私は旦那様に褒《ほ》められたいのです。役に立ちたいのです。戦闘ではどれだけ頑張っても差があり過ぎて……お役に立てそうにありませんから」

「私も同じ考えです。武芸でかなわぬなら、せめて生活回りでサトル殿に勝てるようにならねば、いつまで経《た》っても対等な夫婦とは言えないでしょう？」

「と、いうことで私はこれからアカネさんと一緒に古本市場に行きますが、旦那様はどうなされますか？」

「どうするといっても土地勘《とちかん》もないしな。どこかに行くにしても何も思い当たらないよ」

「あら、そうだったのですか。それでは旦那様はアカネさんの従者さんたちと一緒にギルドの酒場などで時間を潰《つぶ》されてはどうでしょう？」

提案を受けて、俺はアゴに手をやってしばし思案する。

昼飲み……か。

「まあ、たまには昼から飲むのも悪くないかもな」

「じゃあ決まりですね、旦那様」

「それではサトル殿。二刻《こく》後、夕方に宿で集合ということにしましょうか。その後はみんなで街の酒場に繰り出しましょう」

「いいですねアカネさん！　討伐成功の宴会ですね！」

「そういうことだエリス殿。ただし……鬼人《きじん》族は酒が強いから付き合うのは大変だぞ？」

「ふふ、何を隠そう——私は父親譲《ゆず》りの酒豪なのです！」

「なら、飲み比べが楽しみだ！」

うん。二人は何だかんだでウマが合ってそうだな。

この調子なら、これから一緒に住んでも問題なさそうだな。

っていうか、その場合俺はどこに住むことになるんだろうか？

猫耳族の族長の家？

あるいは鬼人族の里か？

いや、せっかく金も手に入ったし、森に新居を建てるのも悪くないな。

そんなことを考えていると、「それでは行こうか」とエリスとアカネは道の向こう側に歩き去っていった。

で、残されたのは俺と鬼人族の男衆三人だ。

「それではサトル殿、我らも行きましょうか？」

「そうですね、行きましょうか」

正直、ギルドの酒場の昼飲みってのはずっと気になってたんだよな。

なんせヨーロッパの下町っぽい雰囲気《ふんいき》だしな。どんな酒やツマミを出すのか、すっごい興味がある。

で、俺たち四人は再びギルドへと向かうことになった。

そして街の中央通り沿いにあるギルドに差しかかって——鬼人族の三人はそのままギルドを通り過ぎたんだ。

「え？　どういうことだ？　ギルドの酒場はあっちだぞ？」

そこで三人は振り返り、俺の顔を見てニヤリと笑った。

「私はこの街に詳《くわ》しいんです。サトル殿、今からアッチ系に……行っちゃいませんか？」

「あっち系？」

鬼人の男は小指を立たせて、俺にウインクをしてきた。

「昼からやってる風俗街ですよ。人種のるつぼで色んな種族の亜人《あじん》がいます。兎耳《うさぎみみ》から鳥人や人魚、果てはスライム娘まで……全《すべ》ての種族の綺麗《きれい》どころが選《よ》り取《ど》り見取《みど》り、そんな夢の桃源郷《とうげんきょう》です。サトル殿はご興味ありませんか？」

まあ、そう尋ねられると仕方ないな。

なので、俺は素直な気持ちでこう言った。

「全然興味あります」


ってことで、風俗街に到着した。

ちなみに、エリスとアカネ的には浮気は良くないけど風俗はオッケーだと以前に聞いている。

それと、商売の女の人じゃなくても、ゆきずりの女を一晩抱くくらいなら何の問題もないらしい。

『英雄、色を好むと言いますからね旦那様』

『そうですよサトル殿。女にモテるということは我らが旦那様に魅力があるということですし』

こんな感じの考え方らしいんだよな。

ただし、何度も何度も会って情を深めるってのは浮気認定されるのでダメらしい。

だから、その場合はちゃんと結婚して嫁の一人として新規に扱ってほしいってことなんだけど……ぶっちゃけ、俺にはあいつらが何言ってるのかサッパリわからん。

まあ、そこはエロゲクオリティってことで男に滅茶苦茶《めちゃくちゃ》に都合が良いということだ。

「先ほども言った通り、我々はこの街の風俗には詳しいです。時にサトル殿はどのような種族や年齢がお好みで？」

ここは種族のるつぼみたいなところらしいからな。

兎耳や犬耳や猫耳なんかのモフモフ系。

鳥人……ハーピーとかもいるらしいんだが、これもモフモフ系に属するのかな?

他には、人魚やメデューサや龍人《りゅうじん》とかだな。

この辺《あた》りはまだほとんど人間というか亜人だが、一つ目娘やスライム娘、他にも触手《しょくしゅ》娘とかいうよくわからん種族もいるという。

触手娘には少し惹《ひ》かれるモノがあるが、ショタが襲われる系のエロ同人みたいに俺がなっても誰得なので、ここはまずはスタンダードに亜人系でいきたいところかな。

「やっぱり若い子で、見た目が可愛《かわい》い人間に近い種族が良いです」

「若い子……ですか?」

そんなことを話しながら曲がり角を抜けると、いよいよ……遂《つい》に俺たちは娼館《しょうかん》が立ち並ぶ通りに入った。

昔の吉原《よしわら》とかをイメージすれば良い感じかな?

店の戸が全てとっぱらわれていて、格子《こうし》越しに中の様子が外から見える感じになっているんだ。

で、通り沿いのところが一段高くなっていて、そこに女の子が数人並んで座って、こっちを向いて微笑《ほほえ》んでいるわけだ。

「さすがに綺麗な娘ばかりですね」

「ええ、この街の娼館は綺麗どころが多いと評判ですから」

自慢げにそう語る従者のサイゾーさんに苦笑いしながら、俺は各店の中で並んでいる女の子たちを物珍しげに眺めながら歩いていく。

「お……エルフか？」

と、そこで俺は立ち止まって、ある店の中の女の子たちを注意深く観察する。

全員が見た目十代後半～二十代前半くらいかな。

長い耳、淡い翠色《みどりいろ》や金色の髪……っていうか、めっちゃ可愛い。いや――


――引くほど可愛い。


ファンタジー万歳《ばんざい》！　エルフ万歳！　と、思わず叫びたくなるような光景だ。

いや、エリスもアカネも可愛いけどね。

と、そこで俺はエルフの店の看板《かんばん》になんて書いてあるか気になったので、サイゾーさんに尋ねてみた。

「あれって何て書いてるんですか？」

「『エルフの館《やかた》～熟女専門～』と書いてありますよ」

ん？　熟女？

クエスチョンマークが浮かんだので、サイゾーさんに再度尋ねた。

「熟女専門店って意味がわからないんですけど？」

「ん？　見たところ、みんな三百歳は超えてますよ？　どう見ても熟女でしょうに」

いやいや、下手したら十代半ばで通じそうなエルフもいるんだが？

ちょっと何言ってるかわからんとばかりに俺は更に尋ねる。

「でもみんな見た目二十歳《はたち》くらいですよ？　それで熟女なんですか？」

「はい、熟女です」

「……本当に熟女なんですか？」

「本当に熟女です。オバチャンです。下手したらお婆ちゃんです」

「でも、可愛いですよね？」

「エルフの歳《とし》はわかりませんからねー。見た目が子供でも百歳とかの場合もありますし」

いや言ってることはわかる。

でも、見た目十代半ばから二十歳よ？

「うーん。ちょっと納得いかないというか何と言うか」

「確かに純人間族は見た目だけで決めちゃいますからね。鬼とか悪魔の血が入っている種族は重ねた年輪《ねんりん》のマナで物事を見たり測ったりするので……」

「なるほどー。私たち人間と亜人では、根本的な点で色々と文化的な見解の相違があるということですね」

「まあその辺りは昔からよくある種族的テーマでもありますしね。しかしサトル殿は本当にエルフがお好みなのですか？」

「はい。そうですね……」

いや、彼らは苦手としているみたいだけど、どう見てもドチャクソ可愛い二十歳くらいの女の子なんだもん。あー、でも、アニメなんかでこういうギャップをテーマにした異世界系のエピソードって何度か見たことあるし……っていうか、そのものズバリで風俗系のエロゲでこういう文化の違いを扱っているのを見たことある。

よくよく考えてみると、地球でも国によって女性の好みも違うし。

ここは異世界なわけで、しかも鬼人《きじん》とくれば、これくらいの見解の相違は当たり前なのかもしれない。

「サトル殿。どうせ行くならみんな同じ娼館が良いですが、我々も安くない金額を払う身ですからね。双方の見解が一致する良い案がないか考えてみましょうか」

たんまり金持ってる俺にオゴらせるつもりだろうと思ってたんだけど、自分で払うつもりなんだ？

これまでの道中率先《そっせん》して雑用とかやってくれたし、こっちとしてはオゴってもいいと思っててたんだけどさ。

嫁の部下ってことで、立場的には俺の方が上ってのもあるし。

と、そこで考え込んでいたサイゾーさんがポンと掌《てのひら》を叩《たた》いた。

「それなら、今日はサキュバスでいきますか？」

「サキュバスですか？　サキュバスっていったら魔物じゃないんですか？」

「魔物の血が濃い種族ですが、亜人の一種です。見た目はみんな若くて美しいですし、私の知っている店だと実年齢も若い子ばっかりですよ」

「じゃあ決まりですね！」

俺の言葉に頷いたサイゾーさんはニコリと笑う。

「オマケにテクニックは折り紙付き。みんなが大好き性の伝道者——サキュバスですっ！」


そんなこんなで俺たちはサキュバスの娼館に辿《たど》り着いた。

サキュバスの店は高級志向のようで、他のところとは明らかに店構えからして違った。

しかも、女の子のレベルはさっきのエルフの店と同じく超絶なハイクオリティだ。

ただ、エルフの店と違うところもある。

あっちはみんな清楚《せいそ》な感じの服装だったんだけど、サキュバスは完全にセクシー系の服で攻めてきている。

ほとんど半裸《はんら》の下着姿みたいな子もいて、見ているだけでドキドキしちゃう感じだ。

まあ服のセクシーさ加減で言うと、ウチの嫁は出会った当初は色々丸出しだったからそんなには違わないけどさ。

「お客様、どの娘をお選びになりますか？」

店に入ると同時に物凄《ものすご》く別嬪《べっぴん》の爆乳さんが声をかけてきた。

っていうか、半端じゃなく胸がデカい。

大昔にロケット乳と言われていたテレビアナウンサーがいたが、このベッピンさんの胸はそれ以上だ。

張りがありすぎることが理由かどうかは不明だが、通常は重力に従って落ちるところを、この人の場合は垂《た》れ下がらずに前に向かって突き出しているような具合。

で、年齢は二十代後半くらいかな？

銀の長髪にほんの少しだけ浅黒い肌《はだ》、胸元が大きくはだけた派手《はで》な黒いドレスがよく似合っている。

「えーっと……コースとかオプションとかはないんですか？」

「ウチは何でもアリなのでコースやオプションはございません。女の子を選んでいただければ、あとはご自由にしていただければと」

何でもアリだと？

これはいきなり凄い言葉が飛び出してきたな。

何でもアリってことは、あんなことやそんなこともアリってことだよな？

「うーん……それだと、一番高い娘だと誰になっていくらになるんですか？」

まあ、金はあるからな。

多少は贅沢《ぜいたく》してもバチは当たるまい。

「一番高いとなると、店長である私ですね」

唇《くちびる》をチロリと舐《な》めて湿らせ、爆乳お姉さんはニコリと笑ってそう言った。

「貴女《あなた》……ですか？」

「私の金額は二時間で金貨三十枚となりますが、どうなさいますか？」

おいおい、日本円換算で二時間で三十万だと？　普通の人の月収分じゃねーか。

いや、でも……待てよ？

今、俺はとんでもない金持ってるよな？

物凄い美人で爆乳だし、この人を相手にするならそれくらいならアリ……かな？

と、そんなことを考えながら黙っていると、お姉さんはクスリと笑ってこう言った。

「お高いと思われますか？　しかし、これでも私はサキュバスの貴族なのですよ。ここの経営者でもありますし普段は店には立ちません。たまに予約制の出張で色んな種族の高貴な方のお屋敷に招かれたりはしますがね」

なるほど、セレブ専用のプレミアム枠《わく》風俗嬢さんということらしい。

「ちなみに他の子の値段は？」

「金貨五枚～十枚というところですね。ウチは高級店ですので」

しばし、お姉さんの爆乳を眺めながら考えて、俺は素直な気持ちでこう言ったんだ。

「それでは貴女でよろしくお願いします」

そう告げると店の奥に連れていかれて、プレイルームに通された。

「照明はどうしましょうか？　明るいまま？　それとも薄暗く？　あるいは……暗闇《くらやみ》にしましょうか？」

妖艶《ようえん》な仕草《しぐさ》でそう言ってきたので「明るいままで」とオーダーを出す。

俺は上の服とズボンを脱いで、ボクサーブリーフ一枚になった。

ベッドの上で寝転がって待っていると、続いて服を脱いだサキュバスのお姉さんもベッドに乗っかってきた。

マジマジとロケット乳を眺めていると、俺の股間《こかん》も限界を超えてロケットのようにそそりたっていく。

先ほどはドレスで隠されていた肢体《したい》だが、これまた凄いシロモノだ。

ボンッキュッボンというのを地で行く感じで、ほどよい肉付きが否《いや》が応《おう》にも劣情を刺激する。

そして何よりも目に付くのが乳輪《にゅうりん》だ。

アカネも相当に大きな乳輪だったが、この女の人はとにかく凄い。

乳部の表面積の3分の1はあろうかという淡い茶色の大輪が二つ、艶《あで》やかに咲き乱れていた。

そして、俺のブリーフを脱がすと同時に、サキュバスのお姉さんは驚愕《きょうがく》の表情を浮かべる。

「こ、これは……マーラ様？」

マーラ様？

股間をマジマジと眺め、お姉さんは口をあんぐりと開いてそう言ったんだ。

サキュバスのお姉さんは信じられないとばかりに大きく目を見開いた。

「サキュバスは精気に敏感なのです。この有り得ないほどの精気……恐らくはサキュバスの性の伝承《でんしょう》に存在するマーラ様以外には考えられません……っ！」

そのままサキュバスのお姉さんはゴクリと息を呑《の》んで言葉を続けた。

「しかし、見たところマーラ様は未覚醒《かくせい》のようです。なので、覚醒させていただいても構いませんか？」

すげえ……。

このお姉さんが何言ってるか、俺にはサッパリわかんねえ。

「覚醒ですか？」

「はい。お客様のコレはサキュバス族の伝説にあるマーラ様の可能性があるのです。私も初めてのことなので断定はできませんが。時にお客様、今まで女を抱いた時……おかしな現象が起きませんでしたか？」

「俺は結婚しているんですが、嫁は異常に性的に喜んでいたような気はします」

エリスもアカネも初体験なのにアンアン言ってたしな。

普通は痛くてそれどころじゃないだろうに不思議に思っていたんだ。

「それじゃあ間違いありませんね、これはマーラ様です。と、なると、ここはやはり私がお客様の股間に魔力を流して、性魔術を施《ほどこ》したい。是非《ぜひ》とも私にマーラ様覚醒のお手伝いをさせていただけませんか？」

すげえ。

このお姉さんが何を言ってるか、やっぱりわかんねえ。

股間に魔術とか、覚醒とか……。

いくら考えてもサッパリわかんねえよ、こんなもん。

「で、俺のアレが伝説のマーラ様だったとして、覚醒した時のメリットは何かあるんですか？」

「お客様は更に女性を気持ち良くすることができるようになります」

「じゃあ、逆に俺に何かデメリットはあるんですか？」

「性行為が格段に上手になるのでメリットしかないかと思われますね」

「わかりました。それで、覚醒したとしてお姉さんにメリットは？　どうしてそんなに覚醒をさせたがるんです？」

「サキュバスは性の営《いとな》みを通して精気を吸収するのです、それは食事と同等と考えて差し支えありません。そしてマーラ様の覚醒時には特別にして膨大《ぼうだい》な精気が溢《あふ》れます。それを吸収することはサキュバスにとって至上なる美味かと」

うーん。

しかし、股間に魔力を流すんだろ？

もしもお姉さんが嘘《うそ》をついていて、俺に危害を加えようとしていたら……？

——スキル：老師《ラオシー》が発動しました

——太公望《たいこうぼう》のスキル：仙界《せんかい》の駆け引きが発動しました

——この娘……どうやらウソはついておりません

便利だな老師！

最初の頃、役立たずとか言って本当にごめんな！

ともかく、これは全方位がウインウインの関係になる提案ってことだよな。

だったら俺に断る理由は何もない。

「それじゃあ覚醒をお願いします」


そして──。

サキュバスとの一戦を終えたわけだが、覚醒したマーラ様はとんでもない実力を発揮《はっき》してくれた。

このお姉さんは百戦錬磨を思わせるとんでもないテクニックの持ち主だったんだ。

本番前の準備運動で既《すで》に俺は腰砕《こしくだ》け状態にされたんだが、いざ始まってみると攻守が完全に逆転した。

で、現在の状況──

「こんなの……はじめて……です……」

お姉さんはさっきから俺の横で寝そべって、甘く荒い吐息《といき》と共に肩で息をしている。

しかもずっとピクピク痙攣《けいれん》し続けていて、かれこれ十分以上も言葉も出ない感じだ。

ちなみに最初は白目を剝いてのビクンビクンとした痙攣だったので、まあ……これでも状態は落ち着きを取り戻しつつあるとはいえる。

で、ようやく身を起こすことができるようになったお姉さんに、俺は紅茶を淹《い》れたカップを

差し出した。

「ふふ、これではどちらがお客様かわからない状況ですね。申し訳ありません」

「見たところ店長さんは足腰が立たないって感じですね」

「……なにせ凄すぎましたので。本当にあんなのははじめての経験で……流石《さすが》はマーラ様です」

そうして紅茶を飲み終えたお姉さんは「ほっ」と一息ついて、俺にペコリと頭を下げた。

「申し訳ありませんがお客様、まだお元気ですか？」

「ええ、覚醒の影響かまだまだできると思いますよ」

「それは頼もしい。ならば研修をお願いしたいのです」

「研修？」

「この風俗街は今は閑古鳥《かんこどり》状態でして……。オーガキングの発生のせいで、メインの顧客《こきゃく》の冒険者たちにお金がないのですよ」

「ふむふむ」

「暇《ひま》を持て余している待機中のサキュバスたちを全員呼びますので、マーラ様のお力で研修を行ってほしいのです。もちろん、お代金はこちらが支払います」

「どうして俺と寝ることが研修になるんですか？」

「上質の新しき精を味わうことで、サキュバスのエッチ力《ちから》が上がるのです。お客様のマーラ様の非常識にして膨大なお力であれば、我が店所属のサキュバスの性魔法関連の熟練度が大幅に上がるでしょう」

エッチ力《ちから》……。

何という馬鹿《ばか》っぽいフォース名なんだ。


と、まあそんなこんなで。

俺は店にいた八人の待機中のサキュバスの全員を相手にすることになった。

展開としては先ほどのリピートだ。

つまりは最初は責め立てられていたのに、いつの間にか女の子全員がその場で腰砕け痙攣していたってことだな。

「ね、言ってたとおりに凄いでしょう？」

店主のお姉さんは、そこかしこに転がって白目を剥いてビクンビクンとしてる裸体《らたい》のサキュバスを見てクスクスと笑っていた。

しかし、俺としてはこの光景は笑えない。

なんせ集団乱交ドラッグパーティーで、全員が飛んでしまって収拾がつかなくなったかのようなカオスな光景だからな。

——これがマーラ様のお力か。

と、俺としてはマーラ様の力に身震いせざるを得なかったわけだ。

あ、そうそう。

ちなみに研修のお礼ということで金貨八十枚を貰《もら》い、店主には最初に三十枚の代金を払っていたので、この娼館では差し引き五十枚の利益が出ました。

# 第四章　熱戦！　激戦！　超烈戦！　フタナリの女王現る！

——翌日。

俺たちは大森林に戻ることになった。

鬼人《きじん》族の里は猫耳族の里への帰り道の途中にあるということなので、とりあえず俺たち全員で鬼人族の里に寄ることにした。

鬼人王である、アカネの父親に結婚の報告もせんといかんしな。

そして歩くこと十時間程度。

鬼人族の里に辿《たど》り着き、俺たちはアカネが住んでいる家に宿泊することになった。

ちなみにここは本宅の屋敷の離れという扱いらしく、住んでいるのはアカネとその従者たちである。

間取りは六畳の三間に台所。

庭に従者用の雑魚寝《ざこね》小屋がついているって感じだな。

姫様といっても人口数千人の集落の話で、なおかつ離れの暮らしということなのでそんなに大きな家ではない。

内装を見る限り華美《かび》といった感じはなく、かといって窮乏《きゆうぼう》しているという様子もない。

質実剛健《しつじつごうけん》って言葉が一番適切な感じかな？

俺たちがアカネの家に辿り着いたのは夕暮れの時刻だった。

この時間だと少し遅いので、父親への挨拶《あいさつ》は明日にしようってことになったわけだ。

それで晩飯《ばんめし》の時間も近かったので、今日は俺が料理を作ることにした。

食材としてはここに来る途中、福次郎《ふくじろう》がどこかの池で鴨《かも》を捕まえてきていたのを利用することにした。

庭では家庭菜園をやっていて、そこに長ネギがあったので味噌《みそ》と醬油《しようゆ》と酒で「鴨鍋《かもなべ》」を作ってみたんだ。

「もう二品作るから、先に鍋を食べていてくれ」

それだけ言って、俺は台所に入って次の料理を作り始める。

「旦那《だんな》様は本当に料理がお上手ですね」

「うむ。サトル様は本当に凄《すご》い。この料理にしても美味《うま》いだけではなく、五十％のバフ効果がつくしな」

そんな声が向こうの部屋から聞こえてくる。

ちなみに鴨鍋については脂《あぶら》が甘くて、すっごい良い出汁《だし》が出てて……味付けを上品にすれば、ひょっとすると料亭とかで出てくるレベルに仕上がっている。

鍋に続いて、鴨肉を軽くあぶった「鴨のタタキ」にショウガ醬油を添えたものをエリスたちに出してみた。

「もう一品作るから。先に食べてて良いからな」

そしてまた台所に戻って次の料理を作り始める。

「旦那様凄いですよー！　半分生《なま》のお肉ってこんなに美味《おい》しいものだったのですね!?」

「これは凄い！　本場の東方ではサシミなる料理があると聞くがこれはそれに絶対勝っていますよ！」

「いやあ本当に美味い！　お酒が進んでたまりませんよサトル殿！」

向こうから聞こえてくる声からすると、喜んでくれているようで何よりだ。

ちなみに福次郎は鴨のタタキが気に入ったようで、調理する俺の横で皿に盛った肉の塊《かたまり》を物《もの》凄《すご》い勢いで食べている。

そうして最後に台所から大皿を持ってきて、俺もみんなが囲んでいる食卓に座ったんだ。

「はい、お待たせ。これが本日のメインディッシュのカラアゲっていう料理だ」

「カラアゲとは何の料理なのですか、旦那様？」

「サンダーバードの肉を醬油と酒とショウガとニンニクで漬《つ》け込んだものを、小麦粉でカラっと揚《あ》げたものだ」

ニンニクの香りが胃を刺激し、みんな我慢《がまん》ができないといった様子だ。そうしてバクバクと食べ始めたんだけど――

「美味しすぎますよ、旦那様！」

「このような料理は食べたことがありません、サトル殿！」

「我々の使っている調味料で本当にこんな味が出せるのですか！」

涙まで浮かべて食べているみんなに「大袈裟《おおげさ》なんだよ」と苦笑し、俺もカラアゲを一口。

「こりゃ美味い！」

サクっとジュワっと、甘い脂が口の中に広がっていく。

いや、これは味付けの問題とかじゃなく、純粋に肉がヤベエな。

サンダーバードの肉は高値《たかね》で取引されるとは聞いていたが、なるほどと納得せざるを得ない。

と、そこでアカネが驚愕《きょうがく》の表情を浮かべてこう言ったのだ。

「サトル殿！　大変なことが起きているのだ！」

アカネがステータスプレートを見せてきたんだけど、「おいおいマジかよ」と俺は絶句した。

いやはや、前回のバフ効果は五十％だったのに、今回は七十五％の効果がついているんだぜ？

これは間違いなく食材のグレードが上がったことによる効果だろう。

「バフ効果七十五％……っ!?　信じられませんよ旦那様っ！」

「やっぱりコレってそんなに凄いのか？」

「ええ。普通にこれをやるなら万単位の生贄《いけにえ》を捧《ささ》げた儀式魔法くらいは必要になってくると思います。もちろん、それは禁制の邪法です」

そりゃすげえな。

と、その時、玄関から声が聞こえてきた。

「頼もうーっ！」

鬼人族の面々の顔色が変わっていく。

そうして、すぐさまにアカネと従者三人は玄関へと飛び出していった。

これは只事《ただごと》ではないと判断した俺とエリスもアカネたちに続く。

玄関に出向くと……はたして、そこには長髪のナイスミドルが立っていた。

袴《はかま》姿の男で年の頃なら五十代前半って感じだろうか？

「お父上、こんな夜分に何を？」

ああ、言われてみれば、キリっとした眉毛《まゆげ》とクッキリした目鼻立ちが似てるな。

そこでアカネの父は懐《ふところ》から赤く輝く宝玉《ほうぎょく》を取り出したんだ。

「その宝玉は何でしょうか父上？」

「今回のオーガキングの討伐《とうばつ》……それがお前の初陣《ういじん》ということだ」

「はい。成人したが故《ゆえ》、武人として育った私はオーガキングの討伐に向かうことになったのです」

「これはな、お前が危機に陥《おちい》ると同時にワシに知らせてくれる宝玉なのだ。何かあればすぐにお前の救援に向かう手はずも済んでいた」

「……つまりは、お父上は成人した娘が心配だったと？」

「過保護と言うなら言えば良い。だが、可能な限り娘を助けたいと思うのが親心なのだ」

「それで父上は何が言いたいのでしょうか？」

「この宝玉は高性能でな。魔力の微妙な流れを察知《さっち》し……貞操《ていそう》が奪われたことすらもワシに伝えてしまうシロモノだ」

ありゃりゃりゃ。

もう事情は筒抜けってことね。

「娘の貞操が破られたのだ。はたして、どのような男が相手かと思ってな」

「あちらにいるのが私の夫であるサトル殿です」

その言葉に、アカネの父親は俺に一瞥《いちべつ》をくれて、悔《くや》しそうに舌打《したう》ちをした。

「認めんぞっ！　親に挨拶する前に結婚をするような輩《やから》など……ワシは絶対に認めん！」

ごめんなさい。

そこについてはお義父《とう》さんの言うとおりです。

いや……待てよ？　でも、まだ正式に結婚とかはしてないよな？

エリスの時も一応は祝いの席っぽいのはあったし、あそこで正式に結婚したってことになってるはずだ。

と、なると鬼人族では夜の交渉《こうしょう》を一回でもしたら問答無用で結婚扱いになるのか？

「お言葉ですが……父上？」

「何だアカネ？」

「結婚の挨拶については不義理。そこは認めますし謝罪もしましょう。しかし――結婚を認めないなどという言葉は受け入れられません」

アカネと父親は睨《にら》み合っていて、何だか良くない雰囲気《ふんいき》だ。

「昔から父上はそうです。大事な場面で、私は自分の意思で何かを決めたことがない」

「何が言いたいのだ、アカネ？」

「その宝玉だってそうでしょう？　お気持ちはありがたいですし、心配してもらえるのは嬉《うれ》しいです。ですが、余計なお世話ということもあるのです」

「何……？　余計なお世話だと？」

「結婚相手は私が決めることであって、父上が決めることではありません。認める認めない以前の問題ではないでしょうか？」

「なるほど、言うようになったな」

「私は父上の娘ということには変わりありませんが、人の妻になったのです。そして今後は私もまた人の親になる。もう、童《わらわ》の時のアカネはここにはおりませぬ」

「だが、ワシは許さんと言っているのだ」

そこでアカネはニヤリと笑ってこう言った。

「ならば、拳《こぶし》で話し合いをしましょうか？」

その言葉で、アカネの父もニヤリと笑った。

「ああ、揉《も》め事は殴り合いで決めるというのが鬼人族の習《なら》わしだ。しかし鬼人族の中で腕力最強のワシに……よりによって拳での話し合いを求めるとはな」

ゴキゴキと拳を鳴らして、二人はどちらからともなく玄関から庭に移動する。


――ん？　何だこの展開は？

俺はエロゲの世界に転移してきたのであって、少年漫画とかの世界に転移してきたわけじゃないよな？

しかし、俺がどう考えているのかはお構いなしで、二人は庭で盛大に話し合いという名の殴り合いを始めたのだ。

「私は父上を超えたぞおおおお！」

雄叫《おたけ》びをあげるアカネに、ノックアウトされた父親。

展開はかなり一方的で、アカネは最終進化済み＆バフ効果モリモリなので……見ててちょっと可哀想《かわいそう》な感じだった。

バフ効果がなければ、ひょっとしたらお義父さんのほうが強いんじゃ？

それくらいにはお義父さんは食い下がっていたので、バフの元凶の俺的にはかなり気まずいところもある。

「強くなったなアカネ。確かにお前はもう子供ではない」

二人は握手を交わすと、アカネと父親は互いに涙目になって、その場でギュっと抱きしめ合った。

うん。なんだかよくわからんが、家族での話し合いは円満に終わったようだ。

しかし、体育会系……いや、この場合は戦闘民族か。

拳で語り合えば大体のことが何とかなるのは万国共通で、戦闘民族の良いところだな。

「しかし、娘の意志を認めるのと、君個人が娘の夫として適格かどうか……それを親として判断するのは別の話だ」

と、俺はお義父さんにギロリと睨まれてしまった。

「大事な娘をこんな普通の男にやるだと？　娘は強者にしかやらんと決めていたというに……

よりによってこんな普通の……クソっ……っ！」

お義父さんが悔しげな表情を浮かべたところで、エリスが上空に視線をやった。

「旦那様！　魔物が飛んできています……アレは討伐難度ＳＳの鬼鳥王ですよっ！」

しかし、次から次にモンスターが襲《おそ》ってくる世界だな。

と、それはさておき。

鬼鳥王はかなりデカいな。なんせ五百メートル以上は上空にいるのに、ここからハッキリと見える。

恐らく翼を広げた大きさは優に十メートルは超えているだろう。

「サトル殿、我々鬼人族はあのクラスの空の魔物に対する攻撃手段を持っていません。エリス殿にしても射程範囲外で迎撃《げいげき》もできないでしょう」

「俺にしても、あの距離だと魔法の制御《せいぎょ》は難しいな。大暴投をして俺の魔法で里に被害が出たら洒落《しゃれ》にならんし」

「では、どうなさるので？」

「どうすると言われても、何とかするしかないとしか言いようがないな」

やる気マンマンの俺にお義父さんはフフンと嘲《あざけ》りの視線を送ってきた。

「あのクラスの魔物をお前が何とかしようだと？　私やアカネの前だからといって、良いところを見せようと無理をしても命を落とすだけだぞ？」

その言葉には取り合わず、俺は台所に向けて大声で呼びかけた。

「こっちに来い福次郎っ！」

福次郎が一目散《いちもくさん》に俺のところに飛んできたので、アカネの父親は驚愕の表情を浮かべる。

「何っ⁉　羅刹鳥《らせつちょう》を使役《しえき》しているだとっ⁉」

そのまま俺の肩に止まった福次郎は、大きく大きく翼を羽ばたかせて――


――ふわりと浮いた。


実はこれ帰り道で福次郎と遊んでる時にわかったことなんだよな。

つまりは、合体技《がったいわざ》でこんなこともできると。

で、俺は上空を縦横無尽《じゅうおうむじん》に舞いながら、鬼鳥王へと猛烈な速度で飛んでいく。

途中、鬼鳥王の口から炎弾《えんだん》が飛ばされたが、それは福次郎と俺の阿吽《あうん》の呼吸でサっと避《よ》ける。

炎弾はアカネの家に直撃コースだったが、地上でエリスが氷魔法で相殺《そうさい》してくれたようだ。

「どりゃあああああ！」

ミスリルソードで首をサクっと斬《き》ると、すぐに死体は落下していった。

そうして俺は福次郎に運ばれながら、ゆっくりと地上に戻っていったんだ。

そんな感じで全《すべ》てが順調にいったと思っていた俺だったが、地上に降りた瞬間に誤算が起きた。

「お……お義父さん？」

地上で起きている光景に狼狽《ろうばい》の声をあげてしまった。

というのもお義父さんが地面に正座をして、三つ指をついて俺に頭を下げていたんだ。

はてさて、これはどういうことだろう。

そう思っていると、お義父さんは頭を下げたまま口を開いた。

「婿《むこ》殿。躾《しつけ》の行き届かぬ不出来な娘ですが、これからよろしくお願いしますぞ」

親子そろって完全に同じパターンだったので、思わず笑ってしまった。

エリスの家族もそうだが、とにもかくにも強き種《たね》理論の信者はわかりやすい。

ともあれこれにて一件落着。

そう思ったその時、俺の身に更《さら》なる面倒《めんどう》ごとが降りかかってきたのだ。

というのも、サッという効果音と共に人影が飛び出してきて、お義父さんの近くで立ち止まったんだ。

「待ちなよ鬼人王」

突如《とつじょ》現れた人影を見て、その場の俺以外の全員の顔が凍《こお》りついた。

そうして、次の瞬間にはその全員が土下座《どげざ》の姿勢をとったんだ。

いや、マジでこれは何が起きているんだ？

するとアカネの父親が平伏《へいふく》したまま震える声でこう言った。

「魔獣人王様……どうしてこのようなところに……っ!?」

「サトルとかいうこの男を森の眷属《けんぞく》に迎え入れるなら、ボクに話を通してからっていうのが筋《すじ》だろう?」

ええと、魔獣人王って言えば、この森の大ボスみたいなやつのことだよな?

確か、俺にミスリルソードを褒美《ほうび》でくれたのもこいつだ。

しかし、なんだかこいつは見覚えがあるな?

そう思った瞬間、どこかで見覚えのある浅黒い肌《はだ》に「あ……っ!」と、俺は気がついた。

ひょっとして、こいつゲームのヒロインじゃねーか?

いや、ヒロインと言って良いかどうかは疑問があるんだけどさ。

とりあえず、こいつの顔は滅茶苦茶《めちゃくちゃ》美人だ。

森の王&ダークエルフということもあり、基本はワイルド系路線かつ、その中に粗暴なセクシーさもあるといった風情《ふぜい》。

雑に後ろでまとめた銀髪の髪が、キツイ印象を与える鋭い瞳《ひとみ》と勝気な表情によく似合う。

胸は爆乳で、腰の括《くび》れと尻《しり》のラインは芸術的なセクシーさと表現しても差し支えない。

と、まあ……ある一部分を除いて、こいつは確かに非の打ちどころのないオラオラ系のヒロインなのだ。

だが、そのとある一部分が強烈すぎるんだよな。

このゲームのヒロインはおっぱいやらお尻が丸出しなのがデフォなんだが、こいつの場合は事情が違う。

こいつはダークエルフっぽい露出系《ろしゅつけい》のレザータイプの服装をしているんだが、別におっぱい丸出しでもお尻が丸出しでもない。

ただ、股間《こかん》の下着が丸見えなだけだ。

つまりこいつはおっぱいを丸出しにする必要もなく、後ろ半分を露《あらわ》にしたりのネタに走る必要もないキャラってことなんだ。

え？　どうしてそうなるかって？

そこについては話は単純だ。

こいつはそんなことをしないでも立ち絵のインパクトとして、下着を見せるだけで既《すで》に十分すぎるんだ。なんせ股間が——

——モッコリしてるんだからな。

俗《ぞく》に言うフタナリというやつで、豊満なおっぱいと女性器と男性器を併《あわ》せ持っているキャラということだ。

女体《にょたい》はエロい！　女の股間のアレもエロい！　男の股間のアレもエロい！

——じゃあ、全部あればもっとエロくね？

フタナリキャラとはそんな究極のお馬鹿《ばか》な思想から生まれた、現代日本のオタク文化の極致とも言えるだろう。

ちなみに一部の外国の人にもフタナリは熱狂的な支持を得ているらしい。

そう、つまりこの娘はフタナリで有名な……ナターシャで間違いない。

「はじめまして、異世界からの勇者さん。ボクはこの森を統《す》べる者、フェンリルの父とエルフの母を持つ……魔獣人王さ」

ドヤ顔で自己紹介をされたが、やはり俺としては股間の膨《ふく》らみが物凄い気になる。

外見的には腰まである淡い緑の髪に、やや吊《つ》り上がった挑戦的で意地悪そうな眼《め》。

スタイルも抜群《ばつぐん》で、ボンキュッボンって感じだ。

もう見た目だけなら、文句なしでパーフェクト。

でも、やっぱり股間がモッコリしてんだよなー。

いや……待てよ？

コイツの自己紹介ってよくよく考えてみると、森の王という以外にも気になるところがあるな。

フェンリルの父と、エルフの母だと？

ってことで、俺はこっそりアカネに耳打ちしてこう尋《たず》ねてみた。

「フェンリルの父とエルフの母って言ってたけどさ。それって夜の生活の絵面《えづら》的にかなり凄いことにならないか？」

「それは言わないお約束です、サトル殿」

なるほど。

やはりみんな思っていることは一緒のようだ。

まあ、ここはエロゲ世界だしな。

ちなみにナターシャはゲームの中でも屈指《くっし》の強キャラで、仲間になるのはエンディング後の裏ダンジョン攻略の時だったりする。

設定的には確か四大聖王の一人とかいうことで、太公望《たいこうぼう》の属する仙界《せんかい》と同じく中立の勢力に属するキャラだったかな。

「実は、ボクは少し前からキミについては興味を持っていてね」

「俺に興味ですか？」

「ああ、色々と森の中で面白《おもしろ》いことが行われているからね。本来発生しないはずの高ランクの魔物が現れたり、それが次々と討伐されたりね。ところでキミ？」

「はい、何でしょうか？」

「何故《なぜ》、平伏しない？」

「ああ、これは失礼しました」

まあ、相手は王様ってことらしいからな。

ここは気分を悪くされてもアレなので、他のみんなと同じようにしようか。

そうして俺が正座をしようとしたところでナターシャは首を左右に振った。

「違う違う、そうじゃない。ボクが言っているのはそういうことじゃないよ」

「と、おっしゃいますと？」

「いや、ボクは今、重力魔法と王者の威圧《いあつ》っていうスキルを使ってるんだ。けど、どうしてキミは何ともないの？　普通はササって無自覚に土下座しちゃうもんだけど」

「……え？」

「うーん。どうやら無自覚にレジストしちゃっているようだね。ところでキミは事実として強いのに、どうして強者の威圧を感じさせないんだい？」

「強者の威圧？」

「えーっとだね。とりあえず、お腹《なか》に力を込めてごらんよ。太公望あたりなら、丹田《たんでん》に気を込めるって表現するんだろうけど」

お腹に力？

良し……と、ばかりに俺は言われた通りにやってみる。

するとナターシャは「ほう」と大きく目を見開き、他の面々は「ひぃ……っ！」とばかりに悲鳴に近い声をあげた。

「はは、ボクをして底知れぬ力……と表現させるか。場合によってはキミをこの場で始末《しまつ》しようかとも思っていたのだけど、どうやらリスクが高すぎるようだ」

「どういうことですか？」

「敵として認識するより、仲良くなった方がよさそう……ってことかな？」

な、なんだかよくわからんが、とりあえず揉め事にはならなさそうだな。

「こちらとしても森の偉い人とは仲良くしたいです」

と、そう言ったところで俺の顔に拳が飛んできた。

ビュオンと風切《かざき》り音。

俺の顔の真横数センチのところをナターシャの拳が通り過ぎていく。

「反撃もなし、避ける動作もなしか。どうしてだい？　キミならそのどちらもできただろう？」

「え？　当てる気がなかったでしょう？　そもそも当たる角度でもなかったですし」

その言葉を聞いて、ナターシャの顔が少しだけ引きつった。

「こっちも本気は出してないけど一応……半分くらいの力は出してたんだけどな」

そうしてナターシャは「やめだやめ」と呟《つぶや》いて肩をすくめた。

「ともかく森の王としてキミを歓迎するよ。どうやらキミは森の眷属を嫁に迎えているようだ。そうであれば、森の防衛《ぼうえい》という意味ではボクはすこぶる楽ができるだろうしね」

まあ、ナターシャはそんなことをキメ顔で言ってるわけだ。

だけど、俺としてはやはり股間がモッコリしているのがどうしても気になってしまう。

と、そこで、「グー」っとばかりにナターシャの腹が鳴った。

「どうしたんですか？　お腹空《す》いてるんですか？」

「美味しそうな肉の香りが漂っているからね。ボクは父親譲《ゆず》りで肉を好むんだ」

「それじゃあ食べていきますか？」

「ところがどっこい母親譲りのベジタリアンときたもんで困っているんだ。父親から貰《もら》ったフェンリルとしての本能部分が肉を欲していて、母親から貰った消化器官が肉を受けつけないいんだよ」

「うーん？　肉を食べるのは良くないってことでしょうか？」

「八割の確率でお腹を下すね。って、キミはレディになんてことを言わせるんだいっ!?」

プンスカと怒って頰《ほお》を膨らませているが……こいつはレディ……なのか？

股間がモッコリしているわけだが。

「それじゃあ普段はタンパク質はどうしてるんです？」

「だからこそボクは今ここにいるんだ。豆腐を作っているのはこの里だけだからね。肉代わりになるのはコレしかなくて。まあ、淡泊《たんぱく》過ぎる味付けで困っているけどね。ボクは油ギッシュなものを求めているのにさ」

と、そこで俺はポンと掌《てのひら》を叩《たた》いた。

「それじゃあ俺が一品作りますよ」

干した魚で出汁を取って、醤油と酒と味醂《みりん》で味をつける。

で、豆腐に小麦粉をまぶせて、植物油で揚げる。

つまりは、揚げ出し豆腐とつけ汁《じる》の完成だ。

「な、な、な、何だいコレはっ!?」

「揚げ出し豆腐ですよ」

「こ、こんなに油ギッシュなのに……エルフが食べて大丈夫なのかい!?」

「植物油ですから多分大丈夫です。魚もダシだけなので恐らく大丈夫でしょう」

「す、すごいよキミ！」

猛烈な勢いでバクバク食べて、即席で作った植物油のドレッシングサラダもモリモリいっている。

「サラダがこんなに油ギッシュになるだなんて！　天才だ！　キミは料理の天才だよ！」

と、まあ――

そんな感じでたらふく食べて、ナターシャは滞在している宿へと戻っていったのだ。

☆★☆★☆★

その日の夜――。

寝室でエリスとアカネと一緒に寝ようとしていたところ、「キミたちは席を外してくれるかな？」と、紫《むらさき》のネグリジェ姿のナターシャがやってきたのだ。

それで二人は退室することになり、俺たちは和式の布団《ふとん》の上で正座して向き合うことになる。

「こんな時間にどういうことですか？」

そう尋ねると、ナターシャは長いまつ毛を伏せて……モジモジとした感じで口を開いたんだ。

「えーっとだね……」

「はい、何でしょうか？」

「ボクは半分はフェンリルの血が入ってるんだよね」

「そういうことらしいですね」

「つまり、強き種理論が……ボクにも適用されるわけでさ。キミみたいな男に出会ったのは初めてなわけで……。結婚とか……したいなぁ……と」

「え？」

この世界に来てから一番の衝撃だったかもしれない。

まさか、股間がモッコリしているキャラから求婚されるとは夢にも思わなかったからだ。

「それにさっきの料理を食べてから、体が火照《ほて》って胸が妙にドキドキしてね。お股《また》も何だか変で……こんなのはやっぱり初めてなわけで……」

お股が変？

そりゃあまずいんじゃないの!?

ナターシャの股間を見やると、やはり予想通りにはちきれんばかりにモッコリしていた。

「いや、待ってくださいよっ！　まずいです、それはまずいですって！」

「待つって何を？」

「えーっと……俺個人としては、そういう性癖《せいへき》を否定するわけでは断じてないんです。けど、少なくとも男のアレはちょっと俺個人としては、やっぱりそういう性癖じゃないんで」

と、そこで「はてな？」とナターシャは小首を傾《かし》げた。

「ボクの男の子の部分が気になるの？」

「はい。あなたは見た目は可愛《かわい》いし魅力的だと思います。ですが、やっぱり俺は男でやはりそちらの一部分が気になってしまうのは自然なことなんです」

「え？　ボク……着脱自在だよ？　気になるなら引っ込めようか？」

「え？」

「だから、ボク……隠せるよ？　気になるなら、男の子の方のソレはなかったことにできるんだ」

見ると、確かにナターシャの下着のモッコリは綺麗《きれい》さっぱり消えている。

「これでボクは完全に女の子だよ？」

愛くるしい感じで、ニッコリと微笑《ほほえ》まれてしまった。

さて、これで問題はなくなった。いや……なくなってしまったと言うべきか。

見た目も女で、股間も女。

オマケにナイスバディの絶世の美人ときたもんだ。

「それでもやっぱりボクのこと……無理なのかな？」

こうなってしまうと、俺としても素直な気持ちでこう言うしかないわけだ。

「全然無理じゃないです」

そうして、マーラ様のお力もあって、夜半《やはん》過ぎにはナターシャは完全に俺の虜《とりこ》になっていたのであった。


そして時は流れて夜明け頃。

スズメがチュンチュン鳴く頃に、俺は目を覚ました。

すると、おはようのキスと共にナターシャが俺に絡《から》みついてきた。

「ねえ、キミ？」

「ん？　なんだ？」

「慣れてきたらボクの男の子の部分も使うと良いよ。大きさも変えられるし、最初はショタサイズなら抵抗も少ないだろう？」

「いや、それだけは……無理じゃないこともないかもしれないです」

「ふふ、それもコレも全部が慣れさ。いつかはキミにボクの全てを楽しんでほしいものだね」

と、まあ、そんなこんなで。

このままいつか押し切られ、新たな世界に目覚めそうな雰囲気もありつつ……俺に新たに嫁が増えたのだった。

第五章　異世界スローライフ(ローター編)

これで俺の嫁は三人になった。

一人は猫耳族の族長の孫娘。

もう一人は鬼人《きじん》族のお姫様。

そして最後は森全体の王だ。

みんなで今後のことを色々と話し合って、猫耳族と鬼人族については俺をトップとする形での自治領とすることに決まった。

それを鬼人王っていうかアカネの父親は二つ返事で了解し、エリス曰《いわ》く「おばあ様は旦那《だんな》様の言うことなら百%従うでしょう」ってことで、話は大体まとまった。いや、まあ――

――俺の了承については一切問題にされず勝手に結論が出たんだけども。

で、具体的に俺は何すりゃ良いの？　って聞いたら、基本はニートで好きにして良いって言われたんだ。

俺は猫耳族と鬼人族における最終決戦兵器みたいな形で、森で暴れる凶悪な害獣が出た時にだけ出陣すれば良いって話だな。

それにしたってエリスとアカネは既《すで》にSランク冒険者くらいの力はあるから、ほとんど出撃の出番もないだろうけど。

つまり、抱きたい時に嫁たちを抱いて食っちゃ寝のニートをやってくれっていうオーダーということだ。

絶対に暇《ひま》になるだろうから、農作業の手伝いなんかはしようと思ってるけどさ。

そして、俺たちは諸々《もろもろ》の決定事項の報告をするため、猫耳族の里に向かうことになったんだ。

それで里に帰るとエリスの祖母が「ら、羅刹鳥《らせつちょう》……っ!?」とオーバーリアクションで驚いていた。

まあここはお約束で、いちいちツッコミを入れていたらキリがない。

しかし、この世界の住人はマジで大袈裟《おおげさ》なんだよな。

すぐに気絶するし、口をパクパクさせるし。

いや、SランクとかSSランクとかの単語がポンポン飛んでるし、そういう反応も自然なのかもしれんがな。

そんでもって、族長にアカネとナターシャを紹介すると更《さら》に酷《ひど》いことになった。

「色々あって嫁が二人増えました。もちろんエリスもちゃんと大事にしますので、これからもどうぞよろしくお願いします」

「な、なんと……っ!?　鬼人族の姫に……魔獣人王様となっ!?」

そんな感じで、やっぱり族長は口をパクパクと開閉しながら驚いていたのだった。


で、その日の晩──。

今日は久しぶりの種付《たねつ》け……いや、モフモフランドの日だ。

が、今回は人数がおかしかった。

これまでは大体十人くらいって人数だったんだけど、今日は何故《なぜ》か五十人以上が集まっているようだ。

なんせ俺の部屋に収まりきれず、ドアの外で行列ができている始末《しまつ》だからな。

「一体全体これはどういうことなんだ?」

猫耳の一人に問いかけると、神妙《しんみょう》な面持《おもも》ちで彼女は口を開いた。

「サトル様は、猫耳族と鬼人族の双方のトップになられたと聞いております」

「まあ、猫耳族の族長と鬼人王を統括する立場にはなったらしいな」

「強き種を求める猫耳族としては、そんな話を聞いてしまえば……発情が止まらないのですっ！」

「っていうかお前らさ。本気で俺にこの数を相手しろってのか？　五十人はいるぞ？」

「ですが、我慢《がまん》できないのです。私たちはサトル様の武勇伝の噂《うわさ》を聞くたびに……お股《また》が大洪《こう》水《ずい》でワケがわかんなくなるんですっ！」

いやいや、言い方言い方。

いくらエロゲだといえ単刀直入《たんとうちょくにゅう》すぎるだろうよ。

「だって、オーガキングを十も二十も倒したとか。SSランクの魔物を倒したとか。魔獣人王様まで妻にしたとかっ！」

「まあ、全部事実ではあるな」

「そんなの……我慢しろというほうが無理なのですっ！」

さて、どうするか。

さすがに五十人以上は相手をしたくてもできないだろう。

いや、待てよ？　俺には覚醒《かくせい》マーラ様があるじゃないか。

で、そこから色々あって　五十人の猫耳族を一人残らずやっつけたんだけどさ。

さすがに、五十人がそこかしこで全裸《ぜんら》で痙攣《けいれん》しながら倒れている光景を見ていると、思うところがある。

「毎回こんなだと、さすがに体がもたんぞ……？」

嬉《うれ》しい悲鳴っていう言葉はこういう時のためにあるのかな？

そんな感じで俺は溜息《ためいき》をついたのだった。

☆★☆★☆★

猫耳族の里で暮らすこと数日——。

今日はエリスと福次郎《ふくじろう》と一緒に森のお散歩に来ているんだが、とにもかくにも福次郎が可愛《かわい》い。

獲物《えもの》を捕まえるたびに福次郎は俺のところまで持ってきて、「褒《ほ》めて褒めて！」とばかりに、頭を撫《な》でろと催促《さいそく》してくる。

頭を撫でてやると目を細める。

喉《のど》のあたりをグリグリしてやると、グルグル言って気持ちよさそうにしてるから本当に可愛いんだよなー。

実はフクロウってのは愛好家がいるらしいし、その理由も頷《うなず》ける可愛さだ。

まあ地球のフクロウが喉を鳴らすかどうかは知らねーけどさ。

「しかし、困ったもんだよ。何とかならんのか？　今朝もトイレに行ったら猫耳族の女に襲《おそ》いかかられたんだぞ？　まあ、やっつけたけどさ」

「申し訳ございませんが止める手立てがありません。旦那様の武勇伝が凄《すご》すぎるんですよ」

「しかしなあ。お前らは百合《ゆり》文化があるし、それで性欲解消はできるんだろう？」

「確かにそこかしこに百合の花は咲いています。ですが、最近は新しい刺激もなくもう一巡してしまってるんですよ。それで最終的にはやっぱり男だろうという空気になっているのも原因の一つですね」

新しい刺激か。

ゲンナリしながら俺は深い溜息をついた。

でも、最近はモフモフランドの日とか関係なしで襲いかかられてマジで困っているんだよなー。

通り魔的なレベルで毎日毎日襲われたらさすがに俺も体がもたん。

「しかし、マジで困ったもんだよな」

「申し訳ありません旦那様」

「まあ、エリスが悪いわけじゃないんだけどさ」

森の道を行く俺はその時、地面に転がる不思議な小石を見つけた。

それは黄金色に輝く石で、疑問に思った俺はエリスに尋《たず》ねてみた。

「これって何なの？」

「ああ、振動石ですね」

「振動石……？」

「魔力を込めると振動する不思議な石なんですよ。ほら、こんな風にね」

エリスに渡すと、小石が動き始めた。

彼女の親指と中指で摘《つ》まれた小石が……ヴィ――――ンと、そんな感じの音と共に振動を始めたんだよ。

と、そこで「あ……！」と、俺の頭の中で閃《ひらめ》きが電光のように走ったんだ。

「どうなされたのですか旦那様？」

「えーっと、ひょっとしてゴムゴムスライムってのはこの近くで出没したりする？」

「粘液《ねんえき》性のスライムで、死後数時間で急に固くなる魔物のことですか？」

「ああ、多分それだと思う。すぐに型枠《かたわく》に入れると色んな加工品に使えて便利なはずの……そんな魔物だ」

俺の知っているゲーム情報によると、ゴムゴムスライムの死後の硬《かた》さは大体プラスチックくらいだ。

で、その魔物は都合が良いことに振動石の近くによく出没するんだよな。

「でしたら、この辺《あた》りにたくさん出ますよ？」

振動する謎の石。

しかも、振動音はヴィ————ン。

更に、固まるとプラスチックくらいの硬さになる都合の良すぎるスライム。

こんなもん異世界でアレを作るためだけに、ゲームのシナリオライターが適当に作った設定以外の何物でもないだろう。

「エリス。振動石とゴムゴムスライムを少し集めてみようか？」

「ふむ？　どうなさるつもりなのですか旦那様？」

「ちょっとした発明だよ。ああ、それとエリス、お前って氷魔法使えるよな？」

「ええ、使えます」

「ハチミツとバニラも採取しよう。ちょっと作ってみたい料理があるんだ」

「ふーむ……？」

そんなこんなで俺たちは森で採取を始めたのだった。

それから一週間が経過した。

結論から言うと、振動するオモチャが里で大流行することになった。

サイズは鶏《にわとり》の卵より少し小さく、現代の日本でソレと言えばピンク色が定番という……まあ、そのものズバリでアレのことだ。

女たちの百合における新しい刺激ということで提案したんだが、これが抜群《ばつぐん》に効《き》いた。

猫耳族の女は、男も女もどっちでもイケる。

なので、そこかしこで加速度的に百合の花が咲き乱れまくっているらしい。

そのおかげで部族の絆《きずな》も強くなっていると族長も喜んでいたし……いや、喜んでいいのか？

まあ、文化の違いということで、そこは尊重すべきだろう。エロゲだしな。

あと、採取した材料を使った氷魔法で作るアイスクリームも評判だった。

作り方は金属製のボウルを氷点下以下にまで氷魔法で冷やし、牛乳や砂糖と一緒にかき混ぜるだけだ。

簡単な作業ってのもあって、すぐに里中にアイスクリームが流行《はや》ったんだ。

と、まあそんな感じで、俺に対する暴走モフモフランド事件は急速に解決に至《いた》ることとなった。

それで今日。

俺とエリスとアカネとナターシャの四人で「猫耳族で最近流行のデートコース」とやらに来ている。

森の道を歩いて、綺麗《きれい》な湖を眺《なが》めて、それから里に帰ってきて、最後に広場でデザートを食べるってコースなんだが……。

「どうしてアイスクリームと一緒に、振動するオモチャが売ってるんだ？」

ドン引きの俺の問いに、エリスはニッコリと笑ってこう答えた。

「デートの帰りにここで振動するオモチャを購入するわけです。そうして、二人で家に帰って百合の花を咲かせるということらしいですよ、旦那様」

「お……おう……」

正直な話、アイスクリームと一緒に売っているということで何とも言えない気分にはなった。

が、まあ、俺の現代知識がみんなの生活向上に役立ったとすると、それは何より喜ばしい話だな。

おかげで俺が襲われることもなくなったわけだし。

☆★☆★☆★

使える夜のスキルが増えた。

太公望《たいこうぼう》からラーニングした百八手とゴールデンフィンガー以外に、性スキル：絶頂乱れ突きというモノを覚えたんだよな。

これはナターシャからラーニングしたものらしい。

効果は抜群で覚醒マーラ様と合わせて、みんなが失神しまくるようになるほどの危険な技《わざ》だ。

しかし……ナターシャの性スキルで乱れ突きだと？

いや、深くは考えないでおこうか。

ナターシャが「良いお尻《しり》してるね」と、しょっちゅう俺のお尻をサワサワしてくることについても……深くは考えないでおこう。

それはさておき。

現在、俺たちはエリスの実家で結構な期間、滞在しているわけだ。

けど、昨日ナターシャが急に森の中央に帰ると言い始めたんだよな。

理由としては、彼女は森全体の王であるということだ。執務も溜《た》まっているということらしい。

ナターシャはなにかと忙しいらしいって話はかなり前から聞いていた。

今は新婚旅行気分で、一時的にここに一緒に住んでるだけってことらしかったし。

「で、これからの俺たちの生活はどうするんだ？」

そう尋ねるとナターシャは寂《さび》しそうな表情を浮かべた。

「ボクは森の王だからね。結局はどれだけ頑張ってもボクは通い妻さ。ボクとキミはさしずめ、織姫《おりひめ》と彦星《ひこぼし》といったところかな？」

織姫と彦星かァ……。

一年に一回とかの頻度《ひんど》の逢瀬《おうせ》になるってことだよな？

ナターシャについては思うところは色々あるけど、情が移っているのは事実だ。

ほとんど会えないとなると、純粋になんだか寂しいって気持ちになってしまうというのが本当のところだ。

それで、俺たちは猫耳族の里の入口までナターシャを送っていくことになったんだよな。

で、家から出る前にナターシャは若干《じゃっかん》頬《ほお》を染め、モジモジしながらこう言ったんだ。

「ねえキミ？　ボクは手が寂しいよ」

また可愛いことを言い始めたなコイツ。

まあ、ここは素直に言うことを聞いてやろう。

手を握ってやると、ナターシャはニッコリと笑った。

そうして入口まで送ってやると「これからは二日に一度しかここには来れない」と本当に寂

しそうに言ったんだが……。

——かなり頻繁《ひんぱん》に来るよね⁉

このお別れっぽい空気は何だったの⁉

と、そんなことに突っ込みを入れるのは無粋《ぶすい》ってやつだろう。

だって、ここはエロゲの世界だからな。

毎日いつでもどこでも発情したら即合体の状態じゃないと、ヒロインたちには異常なストレスがかかるというのも仕方ないのかもしれない。

# 第六章 因縁の対決！　ヤリサーのヤマカワをぶっ倒せ！

さて、ナターシャが通い妻になってから数日が経過した。
で、一日の生活サイクルはこんな感じ。

・朝九時に起きる
・飯《めし》を食って十時から十二時まで趣味で農作業
・昼飯を食って風呂に入ってゴロゴロする
・ゴロゴロしていると、かなりの確率で嫁が来るのでイチャイチャする
・みんなに飯を作って喜ばれる（エリスが手伝ってくれる）
・ナターシャが来る日は宴会（酒はナターシャが持ってくる）
・つまり、週三か週四で宴会
・夜はみんなでイチャイチャする

うーん。

本当に良い感じの生活をしてると思う。

本当は働かなくても良い立場なのに働いているってなもんで、これで「働き者の素晴らしい指導者」扱いされるんだもんな。

まあ本来の仕事は用心棒《ようじんぼう》的なポジションなので、本当に働かなくても良いんだけど。

あと、悲しいことがあって、実は福次郎《ふくじろう》が失踪《しっそう》したんだ。

ある日の朝、好物の鴨《かも》のタタキを用意したのに福次郎は現れなかったんだ。

その後、福次郎の姿は一切見かけず……エリスに聞くと「サカリがついたのでは？」と言っていた。

『サカリ？』

『はい、旦那《だんな》様。モンスターテイムの力は生理欲求にまでは及ばないんですよ。だから、大体の魔物はサカリの時期にテイムの力が切れてしまうのです』

『……そうなのか』

『所詮《しょせん》はテイムの力での仮初《かりそめ》の主従関係ですからね。ひっそりと姿を消して、その後は大自然で生きていくのが通例となります』

『うーん。テイムスキルだけの関係とはっきり言われてしまうと、なんだか寂《さび》しい話だな』

『まあ福次郎にも子孫繁栄《はんえい》という生物としての目的もありますので、それは仕方のないことでしょう』

『確かにそうだな。福次郎にも福次郎の人生があるよな……』

とは言っても、やっぱり寂しい。

死んだわけじゃないからそこは良い。だけどやっぱり家族がいなくなるのはなァ……。

でも、それはやっぱり仕方ないよなと俺は納得した。

ちょっと暗い話題になったので、話を変えようか。

俺は今、酪農《らくのう》的なことをやっている。

やっぱり、俺はここのトップ的存在みたいだし、ここの住民たちの生活は向上してほしいってのはある。

そういうわけで、自作のチーズの試作品を作った。

材料は牛乳と、牛やヤギなんかの胃袋から採《と》れる酵素《こうそ》だ。

チーズはエリスやアカネの里では存在しなかったので、当然ながらチーズを使った料理というものも存在しない。

なので、みんな大好き、大正義であるところのピザを作ってみたんだよ。

するといつものとおりに、ピザは瞬《またた》く間に猫耳族の里で流行することになった。

まあ、こんなもん嫌いな奴《やつ》はいないのは当たり前のことだよな。

少なくとも俺はピザが嫌いという人間には生まれてこのかた出会ったことはない。

そんな感じでウチの家でもピザは恒例《こうれい》料理になった。

二日に一回くらいはピザが出てくるようになって、特にナターシャのお気に入りだ。

聞けば彼女は固形物の肉が無理なだけで、牛乳はギリギリでオッケーのラインらしい。なので乳製品のチーズも問題ない。

しかし、ピザが美味《うま》いが故《ゆえ》に、逆に俺としてはこういう不満も出てくるわけだ。

「ビールが飲みたい！」

「ビール？」

ピザを食いながら、突然そんなことを言ったのでエリスに不思議な顔をされてしまった。

が、まあ、こいつはピザと一緒にビールを飲んだことないからわからんだろうな。

毎回ナターシャが焼酎っぽい酒を持っては来るんだけど、これは違うんだよ。

ピザに焼酎は水割りならギリギリ合わないこともないんだけど、やっぱビシッと合うのはビールなんだよなー。

「エリス、ピザと言えばビールなんだ。これは俺の実家のオヤジも言ってたし間違いない」

「ふむ……？　それでビールとは何なのですか？」

「大麦とホップから作る酒だ。黄金色の液体で泡《あわ》がシュワシュワーってしててな、苦いけど冷やして飲んだら美味いんだよコレが」

いかんいかん。

ゴクゴクと冷たいビールが喉《のど》を通り過ぎる感覚を思い出して、思わずヨダレが出てきたぞ。夏場に仕事終わりに飲むビールは、本当に「あー……っ！」って感じの感嘆《かんたん》の溜息《ためいき》が出ちまうよな。

と、そこでエリスがポンと掌《てのひら》を叩《たた》いた。

「旦那様、それならサテュロス族の里にそんなお酒があったような気がしますよ！」

「よろしい。ならば交易だ」

と、そんな感じでサテュロスの里に行くことが決まったのだった。

「ちなみにサテュロスってのは何なんだ？」

「羊の亜人《あじん》でモフモフしてますね。肘《ひじ》から手首あたりまでがモフモフしていて、あとは羊耳が頭に乗っかっていることを除けば人間と同じです」

あー。

そういえばそんな名前の酒好きの魔物の名前を日本でも聞いたことあったっけ。

「で、サテュロスの里にはお前もついてくるの？」

「アカネさんもついてくると思いますよ。商売のチャンスですから」

猫耳族の里のアイスクリーム屋は、エリスの出資で大繁盛《はんじよう》しているんだよな。

それと俺のレシピの和定食屋が鬼人《きじん》族の里でめちゃくちゃ流行《はや》ってるらしいんだが……これはアカネの出資。

それぞれがチェーン店化していて、里の中で現在進行形で増殖している状況だ。

最近では鬼人族の里にもアイスクリーム屋の一号店が進出し、猫耳族の里にも和定食屋の一号店ができている。

今後は人間の街にも商売の手を広げる計画もあって、俺の嫁たちはなかなかに商売上手みたいだ。

あと、いつの間にか人間の街の商業ギルドでローションと振動するオモチャの特許も取ったらしい。

この商材についてはサキュバスの娼館《しようかん》に無料で卸《おろ》して宣伝してもらっていて、今は種撒《たねま》きの時期だ。

その効果は抜群《ばつぐん》で、既《すで》に色んなところから注文や問い合わせが殺到している。

なので、猫耳族と鬼人族の里では大忙しで量産体制に入っているらしい。

ちなみにエロ関係はナターシャが始めた商売だ。

え？　それでお前は何やってんのかって？　ご存じのとおり絶賛ニート中に決まってんだろ。

いや、農業はやってるよ？　申し訳程度だけどさ。

「それじゃあ旦那様。サテュロス族の里にもアイスクリーム屋さんと和定食屋さんを出店しましょうっ！」

サテュロスの里に辿《たど》り着いて、エリスがそう言ったところで、俺たちはサテュロスの里の住民と遭遇《そうぐう》した。

で、俺は猫耳族と鬼人族の総代表ってことになっているので、そのまま村長さんの家に通されることになった。


「ビールを分けてほしいんです。物々交換でも良いですし、金銭での取引でも構いません」

羊の乳で紅茶を煮出したホットミルクを出されたんだけど、これがなかなかに美味《おい》しい。

この地域で採れる高級ドライフルーツなんかも出されて、これも美味しかった。

ちなみに村長さんは五十代のムキムキマッチョだったんだが、筋肉質な体が絶望的にモフモフ感と合っていない。

ここに通される前に集落で見かけた女の子はみんな可愛《かわい》かったんだけどね。

「しかし、それは困りましたな」

「ふむ、困ったとおっしゃいますと？」

「それが、ビールの原料の大麦畑は少し遠くの場所で栽培しているのですがね」

「ふむふむ」

「その場所は厳密に言うと、フェアリーの統《す》べる領域なのです」

フェアリー？

今更《いまさら》だけど、これまたファンタジーな単語が飛び出してきたな。

まあ、フェアリーってのはみんなが知ってるファンタジー生物、アレのことだ。

小さくて羽が生《は》えていて、花畑とかで飛んでるやつな。

この世界では色んなフェアリーが存在しているが、大きさは大体掌サイズ。

んでもって、エロゲなのでエッチなことも当然可能となっている。

つっても、相互の大きさ的な問題で普通にはできないから、普通じゃない感じの夜の営《いとな》みにはなるんだが。

「我々はフェアリーと協力して大麦畑を運営していたのですよ。フェアリーが大地の精にお願いして豊沃《ほうよく》な土壌《どじょう》を作って大麦の質を上げてもらっていたのですがねぇ……」

「それがどうかしたんですか？」

「どうにもフェアリーは強力な魔物に操《あやつ》られているようで、我々が畑に踏み入れるのを拒《こば》むようになったのです」

「ふーむ……？」

と、そこで俺の横に座っていたアカネが口を開いた。

「魔物なら私たちが対処しましょうか？」

「ほう、鬼人族……モンスターハンターの血族の姫にそうおっしゃっていただけるなら、これほど頼もしいことはありませんな」

「ご存じのとおり我が一族は魔物狩りのエキスパートであるし、それに我が夫は……こう見えても人間をとっくの昔にやめている力量だ。安心して任せてもらいたい」

「ただし、お気をつけください、鬼人の姫よ」

「ふむ、気をつける必要があると？」

「この近辺のフェアリーは特殊なのです。アーカムフェアリーと呼ばれていて、少しいたずら好きが過ぎましてな」

「悪戯《いたずら》……とな？」

「まあ、連中の口車や提案には乗らぬ方が賢明でしょう」

と、そんな感じで俺たちは大麦畑の場所を聞いて、その場から出立《しゅったつ》したのだった。

☆★☆★☆★

快晴の日の森の道。

俺たちはアーカムフェアリーとかいう妖精さんのところに向かっているわけだ。

だが、何か俺の心に引っ掛かるものがある。

「サトル殿、どうなされましたか？」

「いやな、アーカムフェアリーってどっかで聞いたことがあるような気がするんだよ」

と、その時、俺は思わず「あっ！」と声を出してしまった。

「どうなされたのですか旦那様？　顔が真っ青ですよ⁉」

「今回ばかりは、安請《やすう》け合いしないほうが良かったかもな。しかしまずったな……さっき報酬《ほうしゅう》の詳細《しょうさい》まで書いた契約書にもサインしちまったし、いまさら断るわけにもいかない」

「しかし、サトル殿。貴方《あなた》ほどのお方の顔色を……そこまで青くさせるアーカムフェアリーとは何者なのでしょうか？」

「アーカムフェアリー。奴らは穴を狙《ねら》ってくるんだよ」

しかし、思い出しただけでおぞましい設定だ。

この設定の生物が実在するとしたら、戦慄《せんりつ》しない男などこの世には存在しない。

「ふむ、穴ですか？」

「アーカムフェアリーは卵生《らんせい》で女しかいないんだよ。それで人間の男にエッチなイタズラを仕掛けてくることで悪名高いんだ」

「エッチなイタズラ……？　むしろそれは男の人としては嬉《うれ》しいのでは？」

「それが奴らはエッチなイタズラを武器として使うんだ」

「……どういうことでしょうか？」

「奴らは嫌いな相手でも平気で行為に及ぶ。いや、むしろ嫌いな相手にこそ積極的に行為に誘うわけだ」

「おっしゃる意図がわかりかねます。エッチは好きな人とするものじゃないですか？　どうして嫌いな相手にエッチなことをするんです？」

エリスもアカネも「はてな？」と小首を傾《かし》げているが、続く俺の言葉を聞いて……遂《つい》に彼女たちも絶句した。

「つまり奴らの必殺技は……尿道《にょうどう》パンチなんだ」

俺だけでなく、瞬時にエリスとアカネの顔から血の気が引いていく。

「もはやそれはイタズラの域《いき》ではありませんね」

ちなみにアーカムフェアリーには『前立腺《ぜんりつせん》パンチ』という最終奥義《おうぎ》もあるんだ。

が、そこはさすがにアホすぎるゲーム設定なので二人には伏せておこう。

そうこうしているうちに、俺たちは大麦の生産地帯に到着した。

森を抜けた場所にあって、肥沃《ひよく》で広大な大麦畑が広がっていた。

と、その時、俺たちの周囲に十体くらいのフェアリーが飛んできた。

見た目的には、桃色の髪に半透明の羽を持った小人だ。

ツインテールやサイドポニー、みんな髪をどっかしらで括《くく》っているんだが、共通して髪型は少女趣味で可愛らしい。

「むむー！　人間さんなのですー！」

「むむむー！　大麦畑に入っちゃいけないと言ったですのにー！」

「ダメなんだぞー！　入ってきちゃダメなんだぞー！」

そして全員がニコリと笑い、マジキチスマイルと共にこう言ったのだ。

「必殺技をお見舞いするですよ？」

いや、それだけは勘弁《かんべん》してください。

しかし、可愛らしい見た目に反して、何という凶暴な種族なんだ。

俺は股間《こかん》を押さえながら身震いする。

「どうしますかサトル殿。このフェアリー……斬《き》り捨てましょうか？」

「旦那様、私の魔法で焼き払っても良いですよ？」

「いや、ちょっと待ってくれ」

と、そこで俺は懐《ふところ》からクッキーを取り出した。

「俺たちは敵じゃないんだ。お前らも元々はサテュロスと仲良くやってたんだろ？　一体全体何があったんだ、詳《くわ》しく教えてくれよ」

「サトル殿、まさかエサで釣るつもりですか？」

小さく頷《うなず》いたところで、エリスが懐疑《かいぎ》的な表情でこう言った。

「しかし、いくらなんでも古典的すぎますよ」

そんなことは百も承知だ。

だが、平和的に解決するにはコレしかない。

と、俺がクッキーを差し出すとアーカムフェアリーたちは円陣を組んで審議タイムに突入したのだ。

「どうするですー？」

「クッキー欲しいですよ」

「でも、女王様が捕まってるのは言っちゃダメって言われてるですよ？」

「ぼ、ぼ、ぼくは……クッキーが欲しいんだな」

「でも、やっぱり女王様が悪い人間さんに捕まってるのは言っちゃダメですよー」

「バレちゃうと女王様がクビチョンパなのですー」

「でも、クッキーは欲しいですよ……」

うん。大体の事情はわかった。

それとアーカムフェアリーの中に一人だけ山《やま》○清画伯《きよしがはく》が混じっていたようだが、そこについてはスルーしておこう。

「わかった。お前らは何も言わなくて良いから、とりあえずクッキーだけ食っとけ」

クッキーが無償であることがわかり、アーカムフェアリーたちは向日葵《ひまわり》のような笑顔を咲かせた。

「しかしサトル殿、女王がさらわれているとはどういうことなのでしょう?」

「ここは一度出直して、女王誘拐《ゆうかい》事件について調査しますか、旦那様?」

そこで俺の後ろから聞き覚えのある声が聞こえてきた。

「あ、オッサンじゃん? 生きてたんだ?」

「えーっと、お前は……ヤマカワか?」

「いやー、久しぶりだなオッサン」

この赤髪は間違いなくヤリサーの大学生の一人で、確か今どき流行りもしないダボダボの服を着ていた奴だ。

五十人斬りの転移ボーナスで賢者適性《けんじゃ》を持ってた奴だったかな？
ちなみに今は賢者のローブを着てるんだが、頭の悪そうなツンツンの赤髪にローブが絶望的に似合っていない。

「いやさー、オッサン聞いてくれよ。あれからみんなは帝都に行っちまってさー」

「帝都？」

「俺ってば賢者適性じゃん？　みんなの中でイマイチな職業じゃん？　で、転移者は戦力的に仕上がった奴から帝都に送られるらしくってさー。なんせ転移者って百人からいるみたいじゃん？　一軍と二軍と三軍に分かれてて、俺って三軍みたいなんだよね」

ん？　どういうことだ？
そんなメジャーリーグみたいな異世界勇者制度はエロゲにはなかったはずだが……？

「そんで先にみんなが二軍に上がっちまってさ、俺ってばチョー寂しいわけよ。この世界の人間って日本の話とかできないじゃん？　俺ってばチョーホームシックみたいでよー」

「……」

「だからオッサン生きてて良かったわ。今度一緒に合コンしよーぜ！」

こいつにもホームシックっていう感情があるのか。
っていうか、俺が生きてたことを喜んでるみたいだし、ひょっとしたら反省の気持ちもあるかもしれないな。

「あ、それとオッサン。合コンの話だけどオッサンが年上なんで俺と女の子のサイフ役……ヨロシクなっ！」

前言撤回、反省なんてしちゃいねえ。

っていうか、そもそもコイツら、俺を殺すつもりだったよな？

少なくとも、俺を追放した時死んでも良いとは思ってたよな？

だから、あんな森に俺を置き去りにしたわけだよな？

それを開口一番《かいこういちばん》「合コンいこうぜ」なんて、こいつは人の命をなんだと思ってやがるんだ。

「で、お前はここで何やってんだ？」

「いやー、マナを集めるのが大変でよ。龍脈《りゅうみゃく》っつーの？」

「マナを集める？　何言ってんだお前？」

「いやさー、俺って賢者職で何でもできんじゃん？　でも、王国の魔法師団長は俺に攻撃魔法と回復魔法を勉強しろってウルサイのよ」

「賢者だったら普通はそうじゃないのか？」

「はは、オッサンってば冗談ばっかだな。攻撃魔法や回復魔法っつったら、前線で戦うわけよ、危ないわけよ」

「……？」

「だから俺ってば召喚《しょうかん》系でいこうと思ってさ。なんかしんねーけど、俺って転移の特典で超レアな召喚の宝珠《ほうじゅ》ってアイテム持っててさ、それで鬼獣王とか鬼鳥王とかオーガキングとか召喚したんだけどよ」

ん？

ちょっと待てよ……？

それらのモンスターの名前はこれまでに幾度《いくど》も聞いてきたような気がするぞ？

「そしたらよ、魔法師団長にそんな危険な魔物を街で飼うなーって言われてよ。で、とっとと逆召喚魔法で消せって言われてさー」

「それで？」

「いや、超レアな宝珠を使って鬼獣王とか呼び出したっつーのによ。そんなの帰らせるワケにはいかねーじゃん？　もったいないし」

「まさかとは思うがお前ひょっとして……？」

「そそ。だからこっそり大自然に返したワケよ。その気になれば王都にも呼び戻せるみたいだしな。隠し戦力っつーの？　いやーやっぱ俺ってばマジ天才だなっ！」

「その魔物たちは人を襲《おそ》ったりするんじゃないのか？」

「ハァ？　襲うに決まってんじゃん。近くにいる時じゃないと俺の言うこと聞かねーし、そもそも人間襲うなとか食うなって命令が遠距離でも効《き》いたとしてもさ、家畜の肉を持っていってやらなきゃいけないし、そんなエサやりとか面倒《めんどう》なこと俺には無理なんで」

こいつ……っ！　と、開いた口が塞《ふさ》がらない。

実際問題、オーガキングの異常発生で大討伐《とうばつ》隊とかも組まれてたし被害も出てたみたいだしな。

「それでさー。最初からこの世界を様子見し、状況が固まったら、俺はバックレ決め込もうと思ってたんだよ。そもそも異世界の勇者とか意味わかんねーし、命張って戦う理由もねーしな。召喚した魔物は滅茶苦茶《めちゃくちゃ》強いし、山賊《さんぞく》団とか作って俺はひょっとして贅沢《ぜいたく》なハッピーライフ送れるんじゃね？　とか思ったりしたわけでさ」

ああ、こいつはもうダメだ。これはカス中のカスだわ。

何をどう考えたら、今後の生計の立て方に『山賊団』っていう方法が思い浮かぶのか、俺には全く理解できん。

異世界勇者の仕事に思うところがあるなら、用心棒《ようじんぼう》とか冒険者とか色々あるだろうに……。

「そしたらなんか、俺の召喚魔物軍団が超凄腕《すごうで》の冒険者に退治《たいじ》されたらしくてよ、それで逆召喚で消してないことが魔法師団長にバレちゃって『お前、召喚した魔物を消してないじゃねーか！』ってことでカンカンでさ。マジで俺ツイてなくね？　かわいそうじゃね？」

「もう一度聞くが、魔物が放たれたら誰かの迷惑になると思わなかったのか？」

「あ？　迷惑になるんじゃね？　でも、そんなの俺に関係なくね？」

ダメだ。

わかってたことではあるが、こいつには日本語が、というか言葉が通じないようだ。

「それで王城からも追い出されてさー。宝珠も残り一個になったし、仕方ねーんで龍脈っつーの？　俺はもう一回召喚魔法で軍団を形成すべく、今ここでマナをため込んでるんよ」

「で、そのためにフェアリーの女王を人質に取って好き放題やってると？」

「まあ、そういうこったな」

何ていうゲス野郎なんだ。

と、そこでヤマカワはエリスとアカネを見て「ひゅう」と口笛を吹いた。

「ところでオッサン？　良い女連れてんじゃん？　ねえ、そこのお姉さん？　こんな素人童貞《しろうとどうてい》よりも俺と遊ぼうぜ！」

「……」

見ると二人はドン引きを通り越し、汚物を見るような目でヤマカワを見つめていた。

どうにも生理的に無理のレベルにまで嫌悪感が達しているらしく、その証拠に二人の肌《はだ》に粟《あわ》が立っている。

そこでアカネが刀《かたな》の柄《つか》に手をやった。

「サトル殿、この者は人間の皮を被《かぶ》った鬼畜です。今すぐ斬り捨ててもよいだろうか？」

「気持ちはわかるが、さすがにそれはちょっと待て」

「しかしオッサンもすげえな。どうやってこんな美人と仲良くなったんだ？　実は俺、昔から猫耳には目がなくってよ。それも特上の上玉《じょうだま》ときたもんだ」

　そうしてヤマカワはエリスの手を掴《つか》んで、ニヤリと笑ったんだ。

「へへ、お前も冴《さ》えねえオッサンより若い俺の方が良いだろ？　俺はアッチもすげえんだぜ？」

「やめてくださいっ！」

「おいヤマカワ、嫌がってんだろうが！　その手を放せ！」

「あ？　オッサンひょっとして俺に逆らうつもり？　クソ雑魚《ざこ》のインポ野郎の素人童貞が賢者の俺に逆らうって？　はははは、冗談キツいぜ！」

　ヤマカワの笑い声を受けて、半《なか》ば悲鳴に近い感じでエリスが抗議した。

「あの、本当にやめてください！　手を放してください！」

「良いじゃんちょっとだけだ。そこに俺のテントあるからよ、そこで酒でも飲もうや」

「本当の本当にやめてください！」

「良いじゃん良いじゃん、ちょっとだけだからさー」

「本当に無理です！」

「あ？　なんだよてめえ？　こっちは和姦《わかん》で済ませてやろうって言ってんだよ。殴ってボコって無理矢理やっちまうぞ？　こちとら冒険者ギルド基準でBランク相当の凄腕だっつーの！　女を無理やりやるのなんて簡単だっつーの！」

　エリスが涙目をこちらに向けたので、俺は覚悟を決めた。

しかし、俺が握り拳《こぶし》を作ってヤマカワに飛びかかろうとしたところで——。

「あぎゅぶしっ！」

俺じゃなくて、エリスの拳がヤマカワの顔面に突き刺さった。

鼻骨《びこつ》が粉砕《ふんさい》されたのか、ゴリュリと嫌な音が鳴る。

そうしてヤマカワの膝《ひざ》が折れて、地面に手をついた。

「俺が攻撃に反応できなかった……だと？」

そのまま、ヤマカワは鼻からドボドボと流れ落ちる血を見て、ただただ呆然《ぼうぜん》としていたのだった。

と、そこでヤマカワの目が驚愕《きょうがく》に大きく見開かれた。

「なっ——っ!?」

追撃《ついげき》で、エリスの蹴《け》りがヤマカワの顔面に放たれた。

ゴシャリと鈍《にぶ》い音が鳴って、猛烈な勢いでヤマカワは後ろに吹き飛んでいく。

五メートルは飛んだだろうか？

一旦《いったん》畑でバウンドして、大麦を薙《な》ぎ倒しながらヤマカワは更《さら》に十メートルほど転がっていく。

しかし、さっきエリスは涙目で俺に助けを求めていたんじゃないのか？

と、そこで俺は納得してポンと手を打った。

なるほど。さっきの涙目の訴えは、俺に助けを求めていたわけじゃなかったんだ。

つまりは、コイツ殴って良いですかっていう訴えだったのね。

と、それはさておきエリスとアカネが抜刀《ばっとう》し、続けて俺もミスリルソードを構えた。

「お、お前ら！　やるってのか⁉　もう頭きたぞっ、アーカムフェアリーっ！」

ヤマカワの言葉で、大麦畑のそこかしこからフェアリーが飛び出してきた。

その数は優に五百を超えて、彼女たちはヤマカワを守るようにその周辺を飛び交《か》い始めた。

「ははは！　オッサンがお人好《ひとよ》しってのは知ってんだよ！　俺に無理やり従わされているだけのフェアリーの盾《たて》を乗り越えて、こっちに攻撃できるかな？」

くそ、痛いところを突かれたな。

エリスとアカネもこの言葉には苦虫を嚙《か》み潰《つぶ》したような顔をするしかないようだ。

「どうしますかサトル殿？　フェアリーもろとも斬り捨てるなら簡単ですが」

そりゃあそうなんだが、そうするわけにもいかねーだろ。

だって、フェアリーは女王を人質に取られてるだけなんだから。

と、その時、向こうの空に影が見えた。

「あ、福次郎？」

長らく失踪していた福次郎が遠くの空からこちらに向かってきているようだ。

「羅刹鳥《らせつちょう》……だと？　まさかアレはオッサンの使役《しえき》鳥なのか？」

驚愕の表情のヤマカワだが、今はそれはどうでもいい。

「旦那様、福次郎のツガイっぽいのがいますよ！　お嫁さんを見つけて帰ってきたのでしょうか？」

どうやら、そんな感じらしいな。

確かに福次郎の隣には同族らしいフクロウが一緒に飛んでいる。

「しかしどういうことなんだ？　モンスターテイムのスキルはサカリがついたら無効化されるんだろう？」

「スキルの効果ではなく、福次郎は純粋に旦那様を気に入ってるということでしょう」

そんなことを言われると、余計に福次郎が可愛く見えてくる。

「ところでサトル殿、何故《なにゆえ》に福次郎がフェアリーを掴んでいるのでしょうか？」

アカネの言葉の通り、何故《なぜ》か福次郎はフェアリーを掴んでこちらに飛んできてたのだ。

ほどなくして福次郎は俺のところまでやってきて、自分は俺の右肩に、お嫁さんが左肩に止まった。

うんうん。二人して俺の頰《ほお》をスリスリしてきて本当に可愛い奴らだ。

だけど福次郎の爪《つめ》に挟《はさ》まれている、このアーカムフェアリーは何なんだ？

それで、福次郎の瞳《ひとみ》は「食べ物を獲《と》ってきたから褒《ほ》めて褒めて！」とばかりにランランと輝いていて、俺にスリスリしてくるわけだ。

そうした中、福次郎に捕えられたフェアリーを見て、ヤマカワの周辺に飛んでいたアーカムフェアリーたちが何やら騒ぎ出し始めた。

「女王なのですー」

「女王の帰還《きかん》なのですー♪」

「やったのです！」

どうやらそういうことらしい。

「福次郎、コレは食べ物じゃないから食べちゃダメだぞ！」

俺の言葉で福次郎はコクリと頷いた。

そうして女王が解放されると同時に、瞬く間にヤマカワの近くから大量のフェアリーたちが離れていったんだ。

「おいおい、女王には最後の虎《とら》の子のオーガキングを護衛《ごえい》につけてたんだぞっ！　ど――なってんだよ⁉」

福次郎はオーガキングよりも遥《はる》かに格上なんだよマヌケ！

ともあれ、これで勝敗は決したな。

「さて、ヤマカワ。これで人質もいなくなったぞ？」

「仕方ねえから俺が相手してやんよ。フェアリーが使えないとなっても、所詮、オッサンはオッサンだからな」

ヤマカワは賢者の杖《つえ》を構えて俺に向き直る。

「かかってこいや、オッサンっ！」

そう言い終わる前にヤマカワの攻撃魔法が飛んできた。

炎の弾だったが、今のエリスの魔法と比べても子供だましみたいなシロモノだ。

そもそも俺が抜ける前の転移勇者パーティーって大体Bランク程度の実力だったんだよな。

無論、俺の敵じゃない。

「よっこいしょっと」

「炎を……いや、魔法を斬っただとっ!?」

ヤマカワは狼狽《うろた》えた様子だ。

その言葉通りに、炎弾を剣で斬った俺はそのまま間合いを詰めてヤマカワの背後へと回る。

「な、消えただと――っ!?」

俺が出した速度はバフ加算前のアカネの八割程度ってところか。

この程度で見えていないなんて、やっぱりこいつは全然大したことねえな。

そのまま俺はヤマカワの杖を剣で斬り落とした。

「なっ……何だ……と？　何をされたのか全然わからねえ……っ！」

落ちた自身の杖を見て、信じられないとばかりにヤマカワはその場で呆然と棒立ちになった。

「いや、有り得ねえだろ？　こんなオッサンが強いだなんて断じて有り得て良いことじゃねえ
……そ、そうだっ！　これは幻術か何かに違いないっ!?　おいオッサン、どんな手を使ったか

知らねーが幻術なんて汚ねえぞ!?」

何か勘違《かんちが》いしてるらしいが、そろそろ終わりにしよう。

そう思ったところで、アカネが俺の肩をポンと叩いた。

「サトル殿、ここは私に任せてもらえないでしょうか？　私はコイツに言わねばならぬことがあるのです」

「言わねばならないこと？」

並々ならぬ決意の眼差《まなざ》しに俺は気圧《けお》されて、首肯《しゅこう》する。

するとアカネは自身の刀をヤマカワの前に放り投げたんだ。

「その刀を使え」

「どういうつもりだ？」

「幻術だのまやかしだのと言い訳ができないように完膚《かんぷ》なきまで叩き潰してやるということだ。こちらは丸腰――これで文句はあるまい？」

ヤマカワは刀を拾って、下卑《げび》た笑みを浮かべた。

「へへ、後悔しやがれ！　こう見えても俺は昔、剣道やってたんだ――え？」

「遅いっ！」

背後に回ったアカネがヤマカワの背中に肘鉄《ひじてつ》を食らわせた。

「ごぎゅばっ！」

ヤマカワが地面に崩《くず》れ落ちると同時、アカネは冷たい声色《こわいろ》で言い放った。

「落ちた刀を拾え」

「て、テメエ——あびしゅっ！」

アゴに突き刺さったのはアッパーカット、そしてアカネは崩れ落ちたヤマカワに再度冷たい声色を浴びせかける。

「刀を拾えと言っている」

「て、て……てめえ……たむらばっ！」

そこから先は酷《ひど》かった。

だって、アカネってばヤマカワが刀を拾った瞬間に容赦《ようしゃ》なく攻撃しかけるんだもんよ。

「拾え」

「ぐぎゃああっ！」

「拾え」

「たむりしゅっ！」

「拾え」

「あむるばっ！」

「拾え」

「あんじゃっ！」

「それと貴様に一つ言っておくことがある。私の夫がインポだと？　私のサトル殿は――」

アカネは重心を深く落とし、腰だめに構えた拳をヤマカワに放ったのだ。

「――ちゃんと勃起《ぼっき》するっ！　それも極大のマーラ様だ！」


「ぐぎゃあああああああっ！」

アカネの言いたいことってそれだったのか。

しかし、何というくだらないことなんだ。

いや、でもここはエロゲ世界だからな。そういうことは大事なのかもしれない。

地面に転がりピクピクと痙攣《けいれん》するヤマカワに向けて、アカネは溜息と共にこう言った。

「お前……私がその気なら既に二十回は死んでいるぞ？」

「く、くそ、なんだお前!?　なんなんだよお前ら!?」

「どうにもまだ元気らしいな」

そのままアカネは、どこから持ってきたのかは不明だが、縄《なわ》でヤマカワの手足をぐるぐる巻きにした。

そして、アーカムフェアリーたちに言葉をかけたんだ。

「おい、妖精たちよ」

「何なのですかー？」

「お前らはやられっぱなしで良いのか？」

その言葉を受けて、妖精たちは口々にこんなことを言い始めた。

「そんなことないですよー」

「でも私たち弱いですよ」

「人間さんは強いですよー？」

アカネはクスリと笑って刀を拾った。

続けざまシュオンという風切り音と共に宙を斬ると、何故かヤマカワの下半身の服が切れたのだ。

最終的に、ヤマカワは縄で縛《しば》られた上にトランクス一丁の状態となった。

「聞け、妖精たちよ。貴様たちには戦う力があるのではないのか？　人に与えられた勝利に何の価値がある？　勝利とは——自《みずか》ら摑み取るものではないのか？」

アカネの言葉にフェアリーたちは色めき立った。

「そうなんです！　そうなんですよー！」

「私たち、戦う力あったです！」

「あるですよ！　必殺技あるですよ！」

「一人一発ずついくですよー！」

沸き立つ妖精たち。

訪れる惨劇《さんげき》の予感。

そうして妖精たちはヤマカワの股間に我先《われさき》にと飛んでいく。

「さあみんなー♪　必殺技をお見舞いするですよー♪」

「うぎゃあああああああっ！」

乱れ飛ぶ尿道パンチ。

そのたびに泣き叫ぶヤマカワ。

いやいや……いくら自業自得とはいえエゲつねーな。

同じ男だから、なんとなく痛さがわかるだけにヤマカワが可哀想《かわいそう》に見えてきた。

そうして、尿道パンチは小一時間にわたって行われたのだった。


それから色々あった。

執拗《しつよう》な尿道パンチを受けたヤマカワのダメージは甚大《じんだい》だ。

その道のプロであるアーカムフェアリーでも、こんな酷い状態は見たことないという話だ。

曰《いわ》く、ヤマカワのモノが今後勃起する可能性は八九分《はっくぶ》ないということらしかった。

で、ヤマカワの今後についてだ。

アーカムフェアリーと相談した結果、ナターシャに引き渡すことにしたんだよな。

ナターシャはアレでもここいら近辺での実力者で、信用もあるってことでそうなった。

既にヤマカワの身柄《みがら》は縄でグルグル巻きにした上でサテュロスに引き渡している。

流れとしては、サテュロス↓ナターシャ↓人間の国↓裁判という感じかな？

エリスやアカネの予想としては、奇跡が起きて無期懲役《ちょうえき》、普通なら間違いなく死刑って感じらしい。

まあフェアリーの女王を拉致監禁《らちかんきん》してたくらいだから、それが妥当《だとう》なところなんだろう。

☆★☆★☆★

その日の夜はサテュロスの里で祝勝会となった。

大麦畑も取り返せたし、この宴会はお礼の意味もあるという。

フェアリーたちも参加の、里の住人総出の宴会ってことで、まさに地域を挙げての超大宴会だった。

で、その時、アカネが料理の腕を振るってくれたんだよな。

サテュロスたちはアカネが料理をしようとすると『お客様にそんなことは……』って止めたんだけど、それについてはアカネにも計算がある。

今回の宴会は大規模なものだ。

なので、今後定食屋を開く都合上、先に和食を宣伝しておこうということらしい。

当然エリスも宣伝のためアイスクリームを作っているわけだ。

「美味い！　豚《ぶた》の生姜《しょうが》焼きは最高だ！」

「いやいや、鶏肉《とりにく》の味噌《みそ》炒《いた》めが……っ！」

「干し魚のほぐし身のオニギリも美味しいよ！」

「いやいや、オニギリと言えば高菜《たかな》漬《づ》けを一枚丸ごと巻いたオニギリが……っ！」

これが男衆の意見だ。

まあ、ガッツリ系の飯は異世界でも男に好評みたいだな。一方、女衆とフェアリーたちの意見はこんな感じだ。

「冷たくて甘くて、美味しすぎるですよー♪」

「甘いのですよー！　あまーいのですよー！」

「ぼ、ぼ、ぼくはオニギリが食べたいんだな」

「アイスクリームをクッキーに載《の》せると美味しいですね！」

やっぱりフェアリーの中に山○清画伯がいるけど、そこはスルーしておこう。

で、俺はと言えば商売関係なしに焼いたピザに舌鼓《したづつみ》を打っていたわけだ。

「なあエリス、氷魔法でビールを冷やしてくれ」

「氷を直接お酒に入れるわけではないんですか？」

「ちょっと手間はかかるがお願いするよ」

言われたとおりにエリスはビールをキンキンに冷やしてくれた。

どれくらい冷えているかというと、ここが地下帝国なら、カ○ジ演じる藤原《ふじわら》○也《や》さんがオーバーリアクション気味に「キンキンに冷えてやがる！」と演技するくらいには冷えている。

と、そこでサラミとベーコンを爆載せしてるピザを手に取った。

捕捉《ほそく》するのであれば、これはチーズがさっきまでグツグツいってたような……そんな熱々のピザだ。

ピザを口に放り込んで、ハフハフ言いながら冷たいビールを喉に流し込む。

「美味――――――いっ！」

いや、これは美味い。

文句なしに美味い。こりゃたまらん。こりゃ止まらんとばかりに俺は次々とピザを口に放り込み、それをビールで流し込む。

あまりにも俺が美味そうにしてるもんだから、エリスとアカネも俺の真似《まね》をしてピザとビールを口に運んだ。

「美味しいですよ旦那様！」

「ビールとはこんなに美味しいものなのだな！」

そうして俺たちはバクバク食べてグビグビ飲んで、サテュロスやフェアリーたちとの親睦《しんぼく》会を終えたのだった。


その日の深夜。

俺はグデングデンに酔っぱらっていた。

早々に眠りに入ったエリスとアカネとは違う部屋で、今日はベッドに一人きりだ。

ここ最近は夜の生活が本当にハードワークだったからなー。

エリスとアカネだけでも大変だっていうのに、二日に一回はナターシャも来るわけで。

それにモフモフランドの相手もしなくちゃならん。やはり、たまには誰もいない静かな夜も必要だ。

ま、これは戦士の休息ってやつだな。

と、その時――。

窓から小さなバケツを十人くらいで持って、フェアリーが部屋に入ってきた。

そして最後にフェアリーの女王が入ってきて、俺の前まで飛んでくると彼女はペコリと頭を下げたんだ。

はてさてどういうことだろう？

そう思って見ていると、彼女は真剣な表情を浮かべた。

「サトルさまー！　サトルさまー！　助けてくれてありがとなんですー♪　ってことでお願いなんです♪」

「ん？　お願い？」

女王はそう言うとニコリと笑ってバケツを指さした。


「——卵に精子をかけてほしいんですー♪」


「た、確かにバケツには卵が入っているがどういうことなんだ？」

「サトルさまは強いのですー♪　サトルさまの強き種なら、私たちの子供も強くなるですよー♪」

「お前らも強き種理論の信奉者《しんぽうしゃ》だったのか」

しかし、この森のモテる基準ってわかりやすすぎるな。

それはともかく、どう回答したもんか。

しばし考え、フェアリーの女王にこう尋《たず》ねた。

「でもさ？　それって俺に一人でしろってことだよな？」

俺の問いかけにフェアリーはフルフルと首を左右に振った。

「お手伝いするですよー？　私たち……体の全部を使ってご奉仕《ほうし》できるです！」

女王がそう言うと他のフェアリーたちは一列に整列し、ヴィシっとばかりに俺に敬礼をしてきた。

「できるですー♪」

「わたしたち掌サイズですー♪」

「体全体を使えば包み込むようにできるですよー♪」

なるほど。

確かに彼女たちは掌サイズだし、男は一人でする時は掌を使うもんな。

そうであれば、出すだけならこのサイズでも問題はなさそうだ。

「いやでもさ、お前らってさ……必殺技があるわけじゃん？」

一番の問題は言わずもがなのことだ。

最中にイタズラで尿道パンチを食らってしまうとシャレにならん。

すると、女王はフルフルと再度首を左右に振った。

「尿道パンチはやりませんですよー♪」

「って言われてもなあ……」

さっきヤマカワへの尿道パンチを見せつけられた後だしな。

あんなもん見せられたら、コイツらに対して恐怖を覚えてしまうのも仕方ない。

コイツらはイタズラ好きだし。やらねーっつっても、ウソだったらヤバすぎるじゃねーかよ。

と、その時、俺の頭の中に言葉が響き渡ったんだ。

──スキル：老師《ラオシー》が発動しました
──太公望《たいこうぼう》のスキル：仙界《せんかい》の駆け引きが発動しました
──このフェアリー……どうやらウソはついておりませんっ！

やっぱり便利だな老師！

ありがとうな、最初役立たずとか言って本当の本当にごめんな！

と、そこでフェアリーの女王は涙目で、俺に上目遣《うわめづか》いでこう言ってきたんだ。

「うう……サトルさまは……イタズラ好きの私たちが嫌いなのです？　無理なのです？」

「ったく、仕方ねえな」

まあ、そんな感じで懇願《こんがん》されては仕方ない。

と、いうことで俺は素直な気持ちでこう言ったんだ。

「全然無理じゃないです」


と、そんなこんなで――。

その日俺は、めくるめくフェアリーワールドに突入したのだった。

感想は……まあ、新しい世界って感じかな？

とにかく凄《すご》かったとは言っておく。

あ、あと前立腺パンチも尿道パンチもされてないけど、実は彼女たちは他に痛くない必殺技も持っていたんだ。

詳細は語らないが、それについては良い意味でヤバかったと言っておこう。

☆★☆★☆★

二週間後。

『兵は神速を尊びます』とのアカネの言葉で、サテュロスの里に和食屋とアイスクリーム屋がオープンした。

店は大盛況で、どちらも大流行らしい。

しかし、アイスクリームはわかりやすい味だから大流行なのはわかる。

けど、どうして和食がこんなに流行るんだろうか？

それはともかく、それぞれの里での利益も物凄《ものすご》いことになっているらしい。

もちろん、今回の成功を受けて、アカネたちは今後更に加速度的に商売の手を広げていく予定だ。

まずは大森林の全《すべ》ての里に店舗《てんぽ》を広げる。

そして将来的には人間の街……更には他の国への進出まで目論《もくろ》んでいるらしい。

なので、俺も色々とアカネにお願いされた新レシピを提供する作業に忙しい。

つっても、よくある定食メニューをそのままコピペするだけなんだけどな。

それはさておき、商売を拡大させるには先立つものも必要だ。なので、色んなところから出資を募《つの》ったわけだ。

それで手を挙げた連中はこんな感じ。

・俺

・鬼人王
・猫耳族の族長
・ナターシャ
・サキュバスの風俗店の店長

サキュバスの店長の参戦には驚いたが『貴方様は金になる木なので』とクスクスと笑って、ポンと金貨一万枚（日本円で一億）を出してくれたんだよな。

サキュバスの貴族って話だし、あの店も流行ってたから、あの人は実は資産家だったりするのだろうか？

んでもって、ナターシャも何も言わずに金貨三万枚の出資をしてきた。

嫁仲間だからという理由ではなく、これまたナターシャもエリスとアカネの事業を金のなる木だと思っているようだ。

ちなみに俺は暇《ひま》な時に魔物を狩《か》った売却益も合わせ、既に金貨一万枚ほどの資産がある。

それで、これをほぼ全額突っ込む形だ。

最後に鬼人王と族長はそれぞれ金貨五千枚ずつ出資。

そんなこんなで日本円にして六億円を手にしたエリスとアカネは大忙しだ。

森の各里を駆け回り、毎日出店場所を物色《ぶっしょく》している状況だな。

あ、それと、話は変わって福次郎に子供ができた。

福次郎の嫁さんがウチの庭の巣箱で卵をいくつか産んだんだよ。

今は嫁さんと交代で卵をあっためてて、なんだかアイツも充実してる感じだ。

お祝いにサンダーバードの肉でタタキを作ってあげたら嫁さん共々喜んでいた。

福次郎は俺にとって家族同然だし、彼には是非《ぜひ》とも幸せな家庭を築いてほしいものだ。

で、更に話は変わって、最近ナターシャが猫耳族の里に来る頻度《ひんど》が激減した。

二日に一回くらいのペースで通い妻になってたんだけど、「連日の共同防衛《ぼうえい》会議で忙しい」とのことで四日に一回くらいのペースになってしまったんだ。

そのせいで、ウチに来たときは俺にひっきりなしにベタベタしてくる。

『しかし本当に寂しいね。いつも一緒にいることができるエリスとアカネが羨《うらや》ましいよ。ボクだって本当は毎日、キミと一緒にいたいのに』

『まあ、お前は森の王で重責だからな』

『しかし、本当に連日の会議が恨《うら》めしいよ。どうしてボクが人間の国なんかと会議しなくちゃいけないんだ』

まあ、通い妻にも苦労があるようだ。

今度人間の街に行ったときにアクセサリーでも買って来てやろうかな。

そんなことを思っていると、俺の部屋に猫耳族の長老がやってきた。

「サトル殿……大変なことになったのですじゃ！」

里の出入り口に出向いた俺とエリスとアカネは絶句することになる。

というのも前回、サテュロスの里に引き渡したはずのヤマカワが人間の軍隊を百人程度率《ひき》いていたからだ。

「俺はボコボコにされた恨みは絶対に忘れねえからな！」

「お前は重罪人として連行されたんじゃないのか？」

「そこはアレよ、俺の必殺よ」

「必殺？」

「元々、俺ってば中学・高校と万引きのヤマちゃんと言われてたからな。それのおかげかどうかは知らんが、転移特典でスキル：トンズラってのがあったんだ。まあ、うすのろのサテュロスどもから逃げるなんてワケないぜ」

「で、どうしてこんな軍隊を率いているんだ？」

「魔法師団長に『やっぱり俺が間違ってました』とか適当なこと言って頭下げたフリすりゃあ一発よ。俺みたいなワルが心を入れ替えたエピソードって、オッサン連中にはウケ良いしな。

日本でこの方法で落ちなかったヤツは今までいねえ」

「お前はマジで最低の野郎だな……」

「まあ、ギャップ萌《も》えってやつ？　暴走族とかが子猫を可愛がってるだけで、実は優しくて良い人に見えちゃう現象の応用よ。しかしケッサクだよなー、暴走族やってるようなのが優しくて良い人なワケねーだろっつーのな？　ギャハハハっ！」

しかし、本当にビックリするくらいのカスだなコイツ。

エリスもアカネも開いた口が塞がらないようで「ダメだこりゃ」とばかりに呆《あき》れている。

「ってことで、これでオッサンは終わりだ。こっちは百人からの人数率いてるんだからな」

「いや、しかし、お前が王国に戻ったのはわかったが、どうやって軍隊を動かしたんだ？」

「そこはアレよ。俺が森で放浪中にとんでもない悪党を発見したことにしたんだよ」

「何言ってんだお前？」

「要は、これは改心した俺が正義の心に目覚めて、悪の盗賊《とうぞく》団のオッサン……つまりはテメエをやっつけるっていうシナリオなんだよ。ま、お偉いさんたちを説得するのにちょっち時間食っちまったがな」

うーん。

今まで俺はどんな人間にでも価値はあると思ってた。

例《たと》えば、親のスネばっかりカジってる非生産的なニートでも、いつか覚醒《かくせい》して凄いことをやりだすかもしれないし。

そもそもニートってのは蓄積《ちくせき》されたパワーと暇が無限にあるから、何かをやりだしたら本当に凄かったりしそうだし。

でも、今思うのは……生きてる価値のない人間ってのは本当にいるんだなってことだ。

ヤマカワの場合は、存在そのものがほとんど災害だと言っても良いレベルだろう。

他人を苦しめる方向にだけ行動力を発揮《はっき》するというかなんというか。

生きているだけで迷惑って、本当にこんな奴いるんだな。ビックリするわ。

「ってことでオッサン、まずは土下座《どげざ》しろっ！」

「いや、何で俺が土下座しないといけねーんだよ？」

「こいつらは冒険者ギルド基準で言えばBランク～Cランクの猛者揃《もさぞろ》いだ。そして、それを率いているのがBランク冒険者相当のこの俺ってことだ。これでわかるだろ？」

「だから？」

「この人数で囲めばテメエらには勝ち目はねえ！」

と、その時――。

森の中に二つの人影が縦横無尽《じゅうおうむじん》に駆け巡《めぐ》った。

「ぐひゃ！」

「うぎっ！」

「ぬわらばっ！」

まさに電光石火《でんこうせっか》。

兵士たちはその人影の攻撃を受けて、次々と倒れていく。

よしよし。

エリスもアカネも空気を読んで、武器を使わずにちゃんと当て身で気絶させているな。

そしてものの数分で百人からの国軍は気絶して、その場でうめき声を出すだけの存在となった。

「な、な、な――っ!?」

驚愕の表情のヤマカワだったが、すぐに「コホン」と咳《せき》ばらいをした。

「ま、ま、まあ……俺をボコボコにしたお前らだ。これくらいは想定していたさ」

「顔色が真っ青だが大丈夫か？」

「へへ、調子こいてられんのも今の内だぜ？」

ヤマカワは懐から宝珠《ほうじゅ》を取り出して、何やら呪文《じゅもん》を唱《とな》え始めた。

「転移特典の宝珠、その最後の一個を使ってやるぜ。モンスター召喚っ！」

地面に魔方陣が現れる。

そして魔法陣が光り輝き、その中央に大きな影が現れた。

「はは、見て驚いたか!?　これは討伐難度ＳＳのヤベエ魔物で鬼獣王っつーんだよ。お前らごときでどうこうできるシロモノじゃねーぞ！」

よいしょっとばかりに俺は宙へとジャンプ。

鬼獣王の首くらいの位置まで飛んだところで、どっこいしょとばかりにミスリルソードを振るって一刀両断にした。

「え……？　あ……？　えーっと…………え？」

ドサリと地面に落ちた鬼獣王の首を見て、ヤマカワは明らかに狼狽《ろうばい》の色を浮かべていた。

「これなら前に倒したことあるぞ？」

「……え？」

「いや、だからお前が召喚してたんだろ？　鬼獣王とか鬼鳥王とか、他にもオーガキングをたくさんな。それも全部俺が相手をしたんだよ」

「ええと、つまり俺の召喚軍団が皆殺しにされたのって……？」

「それ、全部俺なんだよ」

「……マジで？」

「うん、マジで」

その言葉でヤマカワは大きく目を見開き、あんぐり大口を開いた。

で、何故かエリスとアカネが「ふふん」とばかりに誇らしげに胸を張っている。

「だ、だがな！　俺には最後の切り札があるんだ！」

「ん？　まだ何かあるのか？」

「驚くなよ!?　この森で最強の存在を俺は味方につけているんだ」

そう言うとヤマカワは森の奥に向けて、大きな声でこう叫んだ。

「お願いします先生！　今こそ森の平和を守る時です、悪鬼を討《う》ち取ってください！」

すると、森の奥から「面倒くさい……」との呟《つぶや》きと共にナターシャがやってきた。

「あ、サトルだ！　やっほー！」

俺の顔を見てウキウキ気分になったナターシャに俺も「やっほー」と挨拶《あいさつ》を返す。

で、ナターシャはヤマカワのところで立ち止まった。

「それで森を荒らす魔物ってのはどこにいるの？　ボクは忙しいんだけど」

「それはコイツですよ、やっちゃってください先生！」

ヤマカワは俺を指さしてそう言ってるわけだけどさ。

ああ……そういえば最近、ナターシャは人間の国と防衛関係の会議してるとか言ってたよな。

ひょっとしなくてもその会議って、このことなんだろう。

「何を馬鹿《ばか》なことを言っているんだキミは。この男はボクの旦那で、森を守る守護神だよ？」

その言葉を受けて、ヤマカワは小首を傾げてこう言った。

「え？」

「え？　だからこの人はボクの旦那様だよ」

「えーっと……先生？　それってどういうことでしょうか？」

「ん？　よくわからないなァ。逆にキミに聞きたいんだけど、どういうことなんだい？」

お互いに「はてな？」と小首を傾げている。

「つまりだなナターシャ……言いにくいことなんだが」

仕方がないので、ここは俺が解説に回るしかないだろう。

「サトルは状況を理解しているようだね。だったらボクに説明してほしい」

かくかくしかじか……と、事情の説明を始める。

すると、見る見る内にナターシャの眉間《みけん》に皺《しわ》が寄って、その顔が真っ赤になっていく。

「えーっと、つまりボクはこの赤髪の男のくだらない嘘《うそ》で時間を取られていたと？」

「端的《たんてき》に言えばそういうことになるな」

「ボクのかけがえのない、サトルと一緒にいる大切な時間が削《けず》られた理由はつまり……？」

「まあ、ヤマカワのせいだわな」

ナターシャから放たれたのは、無言の裏拳《うらけん》だった。

「あびゅしゃっ！」

鼻骨が一撃で粉砕され、ヤマカワは片膝をついた。

ナターシャはそのまま崩れ落ちそうになるヤマカワの膝の上に足を置き、階段を駆け上がるように……否《いな》、膝を足場にしてヤマカワの顔面に向けて飛んだ。

ヤマカワの顔面に繰り出されたのは戦慄《せんりつ》の膝小僧《ひざこぞう》だ。

「たうらばっ！」

膝蹴《ひざげ》りをまともに食らったヤマカワは後ろへと仰《の》け反《ぞ》って吹っ飛ぶ。

そうして、地面に落ちる寸前に、既にその場所に移動していたナターシャに蹴り上げられた。

「ぐむらんばっ！」

そうして、また宙に浮き上がり、自然落下してきたヤマカワに向けて、再度のアッパーカット。

「ぬりゅらばっ！」

そんでもって、再び落下してきたヤマカワに、再々度のアッパーカットが炸裂《さくれつ》した。

「ぎゃんっ！」

「ぎゅんっ！」

「ぎょんっ！」

エゲつねえ……。

アッパーカットの連打で地面に落としてすらもらえない。

「ボクは旦那様と一緒にいたいのに……」

「たわらばっ！」

「ボクは絶対に許さないからなっ！」

「あぎゅううううう！」

全部が的確に鼻っ柱に入れられてるな。

ヤマカワの鼻は既に原型を留めておらず、パっと見、グロ画像みたいな状態になっている。

「ボクは怒ったぞおおおっ！」

そうして最後に炸裂したのは、蹴り上げによる金的《きんてき》だった。

「ほむうううううううっ！」

何とも言えない断末魔《だんまつま》の声。

ヤマカワはそこでようやく地面にドサリと落下した。

しかし……エゲつねえ……。

ヤマカワの棒の部分は既にフェアリーによって破壊されているが、更に追い打ちで玉を狙って蹴り上げやがった。

「玉の完全破壊を確認ってところかな。これで、害悪遺伝子が世に広まることはないだろう」

曇《くも》り一つない満面の笑みのナターシャを見て……俺は心の底に大きく刻《きざ》み込む。

つまりは、この嫁だけは絶対に怒らせせないでおこうと。

今後のヤマカワの処遇としては、ナターシャが責任を持って王都に引き渡すことになった。

前回の失敗はサテュロスに引継ぎを任せたことだが、今度はまあ最強と名高いナターシャだから大丈夫だろう。

もちろん、これまでの経緯《いきさつ》も王都の人に全て説明して、ガッツリ責任は取らせるつもりだ。

この馬鹿は放置しておいたら人に迷惑しかかけないからな。

「それじゃあボクが全責任を持って、このクズを死刑にさせてくるよ」

「しかし、さすがはナターシャ様ですね。あの神速の連打、私では目で追うのがやっとでした。はたして、旦那様とナターシャ様はどちらがお強いのでしょうか？」

そんなエリスの言葉を受けたナターシャは、しばし考えてから悔《くや》しそうに笑った。

「そりゃあサトルじゃないかい？　差は結構あると思うよ？」

その言葉に、エリスとアカネは絶句する。

「差がある？　ナターシャ様、それはさすがにご冗談ではないのですか？」

「大マジさ。でも、ボクはサトルと同格の者を一人だけ知っているけどね」

それを聞いてエリスは大きく目を見開いた。

「ナターシャ様よりもお強いサトル様と同格!?　そんな人がこの世に存在するのですか!?」

コクリと頷き、ナターシャは真剣な眼差しを俺に向けてきた。

「その名は太公望——仙界の大幹部の一人だ」

あー、太公望か。

それなら、べらぼうに強いと言われても納得だ。

なんせアレって強すぎて仲間にならないキャラだからな。

ストーリー上、最終局面で味方のサイドにつくんだ。だけど一緒にパーティを組んで戦闘ができる類《たぐい》のキャラではない。

アレは確か主人公たちでもどうにもならない難敵《なんてき》の軍勢をたった一人で抑え込んで、魔王への道を作るっていう役割のキャラだったはずだからな。

「ともかく、確実に太公望はサトルと似たような領域にはいるはずだよ」

サイド：ヤマカワ

ナターシャとかいう、やたら股間がモッコリしている姉ちゃんに王城へと連れていかれた。

ちなみにアレもあのオッサンの女の一人らしい。

ってか、アレって女なのか？

いや、めっちゃ美人なのは認めるが股間のモッコリが気になって仕方なかったな。

しかしあのオッサンに一体全体何が起きてるんだ？

奴は素人童貞の戦力外だったはずで、それは絶対に間違いない。

この短期間でマジでやべえほどの綺麗《きれい》な嫁を何人も引き連れて、オマケに全員が一騎当千《いっきとうせん》のマジやべえ戦力ときたもんだ。

なにしろこの俺様をフルボッコにするほどの女たちだからな……。

ナターシャに至《いた》っては小国なら一人で滅ぼせる程度の力があるって話だし、マジで意味わかんねえ。

しかも、モッコリ女には俺様のジュニアを完全に破壊されちまった。

フェアリーには棒を、モッコリ女には玉を。

これで俺様の優秀な遺伝子が世に広がることはなくなった。全く、なんてことしてくれてんだよ。

これじゃあエロいことして力をつけることもできねーし、そもそも俺様の優秀な遺伝子の子供ができないとか、人類の損失《そんしつ》以外の何物でもねーだろ。

それはさておき、俺はモッコリ女のせいで危うく吊《つ》るし首になるところだったんだよな。

ま、そこは天才の俺様ってことだ。

度重《たびかさ》なる股間のダメージで虫の息状態で動けないフリをして、王城の連中が油断しきるのを待ってたって寸法よ。

経緯を説明すると、牢獄《ろうごく》に入れられていた俺様は転移勇者の力を使ってヨユーで脱獄したってわけだ。

最後の最後、本当の虎の子の俺様の最終スキル：魂魄《こんぱく》燃焼でマナを大量に得て、鬼獣王と鬼鳥王とオーガキング二十体を召喚したわけな。

で、大混乱のウチにちょちょいのちょいって感じだ。

おかげで代償《だいしょう》として俺様の寿命《じゅみょう》が二十年も縮《ちぢ》んだんだが、まあそれは仕方ねえ。

「あのオッサンだけは……絶対に許さねえ！」

そうして今、俺様は大混乱の王城の地下に潜り、宝物庫へと辿《たど》り着いたってわけだ。

「ここは立ち入り禁止――あびゅしっ！」

鬼獣王に命じて、邪魔をしてきた警備兵をぶっ殺してやった。

そして、やはり俺様は鬼獣王に命じて宝物庫の扉をぶっ壊したんだ。

そんでもって俺様はお目当てのモノを発見した。

――邪仙《じゃせん》・妲己《だっき》の腕輪《うでわ》。

妲己ってのは狐《きつね》の妖怪仙人《せんにん》だ。

確かキュウビノキツネがどうのこうのとか魔法師団長はそんなことを言ってたな。

この腕輪の効能は仙人を一時的に操ることができるとかいう話だ。

「見てろよオッサン……」

そして俺は中立とか言って、この近辺の山で暮らしている太公望とかいう奴の住んでいる場所に向かったのだ。

## サイド：飯島悟《いいじまさとる》

猫耳族の里でナターシャと昼間っからイチャイチャしていると、ヤマカワの所属している人間の国から使者が来た。

「使者ということならば服を着なければいけないね」

基本的にはイチャイチャしている時は、ナターシャの股間はフラットで何もない状態になっている。

だがしかし、今現在ナターシャが下着を穿《は》いた瞬間に何故か股間がモッコリしたのだ。

さすがにこれには「ははは……」と俺は苦笑せざるを得ない。

というのも『大きさを調整できるなら、普段からショタサイズくらいにしたらどうよ？』って一度提案したことがあるんだけど、そこは頑《かたく》なにダメだと言われたんだ。

『どうしてダメなの？』

『ボクは森の王だからね。威厳《いげん》は大事というわけさ』

『……威厳？』

『ああ、見た目は大事だからね』

何一つ理屈はわからなかった。が、謎の説得力と圧《あつ》が凄《すご》かったことを覚えている。

ちなみにナターシャは俺と結婚してから下着丸出しをやめて、ピチピチのショートパンツを穿くようになった。

それはさておき。

応接室に入ると、そこには族長とエリスとアカネがいた。

で、人間の国の使者が十人くらいいて全員土下座しているという異常事態だったんだよな。

「エリス、これはどういうことなんだ？」

「それがこの里の責任者に許しを得るまでは、土下座させてくれって言って聞かないんですよ」

仕方ないので俺は使者たちに直接聞いてみることにした。

「俺が責任者です。しかし、土下座なんて一体全体どういうことなんですか？」

「ま、ま、まっ……誠に申し訳ございませんでしたあああああ――――！」

と、服装が一番豪華《ごうか》なリーダーっぽい人が、そう絶叫したわけだ。

「いや、頭を上げてくださいよ。いきなり土下座って……」

「私がヤマカワの教育係の魔法師団長です！　この度は森の皆様方には大変なご迷惑をおかけしてしまい申し訳ありません！」

前回のヤマカワの襲撃《しゅうげき》の件で、とりあえず詫《わ》びに来たってことなんだろうけどさ。

「我々としては、森の皆様方には正式なお詫びと賠償《ばいしょう》をしなければいけないのですっ！」

しかし、教育係さんも大変だよな。

どこの馬の骨とも知れない、異世界からの勇者の行動に責任を持たないといけないなんてさ。

俺としてもヤマカワ個人が悪いわけであって、そこまでこの人たちは悪くないんじゃないのかなと思ったりもする。

そりゃあ、監督責任とかもあるんだろうけど。

でも、そもそもヤマカワは自国民ですらないからな。

「とにかく頭を上げてください。話がしにくいですよ」

そう促《うなが》すと全員が頭を上げたんだけど、魔法師団長は俺の顔を見て呆《ほう》けた表情を浮かべたんだ。

「あれ、君は？」

「ご無沙汰《ぶさた》しています。師団長」

「むむ……？　ヤマカワたちの報告によると、君は魔物に追われて森の奥に一人で逃げて行方《ゆくえ》不明ということだったが。どうして里の責任者になっているんだ？」

「まあ、一回死にかけてから色々ありましてね。ナターシャと結婚して俺は猫耳族と鬼人族の責任者……今はそういう立場になっています」

　そこで、何かに気づいたように師団長は「はっ！」と息を呑《の》んだ。

「ひょっとして君が行方不明になった理由……それってヤマカワたちに何かされたんじゃないのか？」

「まあ、そんなとこです」

「ははは……」と笑うと、魔法師団長は再度「申し訳ない」と頭を地面に擦《こす》りつけた。

「いや、だからそういうのはやめてくださいって」

「そういうわけにはいかないんだよ」

と、そこでガンガンと部屋のドアが叩かれた。

「ん？　どうしたんだ？」

　ドアを開けてみると、そこには歩哨《ほしょう》にあたっている猫耳族の女性が立っていたんだ。

「サトル様！　他の亜人族から伝令がありました！」

「伝令？」

「森の南端に人間国の軍隊が来ているらしいですよ！」

その言葉で俺たちだけじゃなく、人間国の使者の人たちの間にも動揺が走った。

「そんな馬鹿な……っ!?　我が国は森の民とは敵対するつもりはありませんよ!?」

「いいえ、事実です。正確な数はわかりませんが、一万以上という話ですし」

「我が国の全軍ではありませんかっ!?　それだと国境警備すら完全に捨てての人数になりますし……絶対に有り得ませんよ！」

ともかく現場に行って状況を確認しないとな。

これは面倒なことになっているようだと、俺はすぐに支度《したく》を始めたのだった。

☆★☆★☆★

俺たちは森の中を走っていた。

メンバーは、俺、エリス、アカネ、そしてナターシャの四人だ。

それと福次郎も夫婦で参戦してくれるらしい。

まあぶっちゃけて言えば、実質的に森の同盟の決戦兵器級の戦力はここに全て揃《そろ》っているわけだ。

嘘か誠か、ナターシャ曰く、この戦力なら一万人程度の雑兵《ぞうひょう》は余裕で蹴散《けち》らせるらしい。

が、ナターシャ曰く、楽観視はできないらしい。


——向こうには太公望がいる。


ナターシャは長年の太公望との付き合いから、その独特の仙気《せんき》を探知できるらしいんだ。

しかし、これはなかなかシリアスな展開になってきたようだ。

と、そこまで考えて俺は不謹慎《ふきんしん》にもちょっと笑いそうになった。

なんせ太公望と言えばおっぱい丸出しだからな。シリアスな雰囲気《ふんいき》もその事実だけで吹き飛んでしまう。

ってか、いかんいかん。

今はマジにならんといけない状況らしいし。


——良し、気持ちを切り替えていこう！

ほどなく俺たちは以前にオーガキングを大量に討伐した森の草原に辿り着いた。

思えばここでアカネと出会って野営をして、昼間っから結婚初夜を過ごしたんだっけ。

しかし、そんな思い出の地に今は見渡すばかりの大軍勢が並んでいて、壮観《そうかん》な光景となっていた。

で、俺たち四人と相対《あいたい》する向こう側の大軍勢から、男女が二人でこちらに歩いてきたんだ。

「オッサン、久しぶりだな」

「ヤマカワ。お前は死刑になったんじゃないのか？」

「へへ、確かに縛り首になりかけたが、そんなもんはヨユーで回避した」

「それでお前……隣の女は……まさか……？」

と、そこでヤマカワは下卑た笑みを浮かべた。

「そうだ。この女こそが俺の真の最終兵器——泣く子も黙る太公望だっ！」

「しかし、太公望は……いや、仙人は全ての勢力に中立のはずじゃねーのか？」

「邪仙化だよ。なあ、太公望？」

コクリと太公望は小さく頷いた。

見るとその瞳は色を失い、俗《ぞく》に言うレイプ目というものになっていた。

こりゃあ正気を失ってやがるな。

そう思ったところでナターシャが大きく舌打《したう》ちする。

「それは妲己の腕輪だね？」

「ああ、そういうことだな」

「ナターシャ、妲己の腕輪ってのは何なんだ？」

「超古代……新魔戦争のアーティファクトだよ。まあ要するに仙人を操ってしまう呪《のろ》いのアーティファクトだよ」

その言葉を聞いて、ヤマカワは満足げに頷いた。

「そういうことだ。それで、そのアーティファクトとやらは昔から王城の宝物庫《ほうもつこ》にあったんだよな。俺としてはあの王様の一族もロクなもんじゃねえと思うぞ？」

強大な力を持つ太公望は、遙か昔からあの国の霊峰《れいほう》に住んでいるという設定だ。

それで恐らくは王様の祖先が、時が来れば太公望を兵器として操ろうとしていて妲己の腕輪を仕入れて保管していたということか。

で、それをヤマカワが横取りをしたというわけだな。

そう考えると全てのツジツマが合うが、人間の欲深さってのはなかなかに救いがたい。

仙人は中立の存在なのに、操って戦力化する用意をしていただなんて……。

と、そこで俺は太公望に目を向けて、やっぱり笑いそうになった。

妲己の腕輪が王城にある背景を含め、何だかシリアスな展開みたいだけど——どうしてもオッパイ丸出しなのが気になってしまう。

「しかし、この女のダイナマイトボディに手を出せないってのは本当にキツいな」

太公望の丸出しオッパイを眺《なが》めながら、下卑た笑みを浮かべつつヤマカワはそう言った。

まあ、このあたりについてはヤマカワは性的には不能者になってるから、手を出されている心配はないだろう。

しかし、太公望は操られてるだけなんだよな。何とかならんのか？

ん？　待てよ？　そういえばゲームでも太公望が洗脳されるといったような展開なかったか？

えーっと……確かその時は太公望は別の方法で洗脳されたんだったか。

それで主人公たちがアイテムを集めて何とかしたんだよな。

そのイベントで助けられた太公望は「異世界の勇者は危険な存在ではない」って、考えを改め始めるキッカケになったんだっけ。

まあ、ツンデレがデレるわかりやすいターニングポイントってやつだな。

それはさておき、その時の解決方法は、確かエロいことをして恥《は》ずかしがらせたら正気に戻るとかそんな感じだったっけ。

具体的に言うとまずは太公望の動きを止めるアイテムを使って、その動きを止める。

そして、動けない太公望を縄で縛って木に吊るすんだ。

そんでもって、卑猥《ひわい》な形の棒でお尻ペンペンタイムを施《ほどこ》したら、恥ずかしがって正気に戻ったとかそんな解決法だったはずだな。

うん、完全に色々とおかしい。

普通はそんなことをされたら「異世界の勇者は危険な存在そのものでしかない」と思うはずだが……何故か、太公望は主人公たちを見直して一目置いてしまうんだ。

が、まあ、そこにツッコミを入れても仕方ない。だってエロゲのエロシーンだからな。

いや、エロゲっていうか馬鹿ゲーか。

と、そんなことを考えていると、ナターシャが懐から魔法の短杖《たんじょう》を取り出した。

「──術者を倒してしまえばそこで終わりだよ！　超大炎熱《バースト・バースト》！」

物凄く大きな炎の弾がヤマカワに向かっていく。

が、ヤマカワは余裕の表情で指をパチリと鳴らし、太公望がコクリと頷いた。

「──八卦結界《はっけけっかい》・極《きょく》」

八卦模様の魔方陣がヤマカワの前に現れ、炎と接した瞬間にナターシャの魔法が見る間にかき消されていく。

そこで驚いたのは、エリスとアカネだ。

「ナターシャ様の極大魔法を……かき消した!?」

「流石《さすが》はナターシャ様をしてサトル殿と同格と評されることだけはある。太公望……何という強大な力なのだ」

で、そんな二人を見てヤマカワは「くっくっく……！」と笑い始めた。

「おい、オッサン？　これから起きる悲劇は全部テメエのせいだかんな？」

「俺のせい？」

「こっちは王城から抜け出るのと妲己の腕輪を仕入れるのに命削《けず》ってんだよ。わんさか凶悪な魔物を呼び出して、その代償として俺の寿命が二十年縮んだんだ」

「それで？」

「だから、お前が守ってる森の住民を滅茶苦茶《めちゃくちゃ》にしてやる。女は犯して男は皆殺しだ。で、俺にそこまでのことをさせるのは、全部テメエのせいだからそこんとこヨロシクな」

「……マジでゲス野郎だな」

「ああ、あとな、お前はとことんまで延命させながら拷問《ごうもん》してやるからな。で、テメエの目の前でテメエの女を犯しながら、俺のクソをテメエの女に食わせてやる」

もはや、問答の必要はない。

っていうか、ここまで言われちゃさすがの俺もブチギレだ。

俺の嫁に手を出すだと？　そんなこと……許すわけねえだろうがっ！

お前の息の根《ね》は、この場で確実に止めてやる！

「黙れヤマカワあああああああっ！」

ヤマカワまでの距離を一気に詰めて、ミスリルソードを振りかぶった。

「同郷のよしみだ、せめて苦しませずに終わらせてやる！」

そしてミスリルソードを振り下ろした時、ガキンと金属音が鳴った。

「太公……望っ!?」

「ヤマカワ様には触れさせません。我が——方天画戟《ほうてんがげき》の一撃を受けてみなさい！」

そのまま太公望は俺に矛《ほこ》を振り下ろしてきたので、ミスリルソードで受ける。

ガキン、ガキン、ガキン。

撃ち合うごとに火花が散り、ビリビリと手のしびれを感じる。

俺がギリギリで反応できるほどの、目にも留まらぬ速度だと!?

ナターシャが俺と同格と言った理由がよくわかるし、事実そのとおりだ。

そして、まずいのがミスリルソードの刃《やいば》がガリガリと削られていっていることだ。

「力量は微《わず》かに貴方の方が上かもしれません。が、我が方天画戟に貴方の得物《えもの》は釣り合わないようですね？」

まあ、そっちはこの世界で間違いなく最強クラスの武器を使ってるからな。

なんせ、太公望が使っているのは三国志演義で呂布《りよふ》が使っていたとされる伝説の武器だ。

このまま撃ち合いを続けて長期戦化すると、ミスリルソードが折れてしまうことは間違いない。

けれど、俺の方が微かにスピードもパワーもあるみたいだし、剣が折れる前に何とかなりそうな気もする。

と、そこで後ろからエリスの悲鳴が聞こえてきた。

「おいおいマジかよ？　こりゃあまずいぞ？」

見ると、そこには三体の黒い影が立っていた。

まずいことにその黒い影はエリスとアカネとナターシャに襲いかかっていたんだ。

「闘仙術《とうせん》による闘気体。早い話が私の影です」

ナターシャたちは応戦し、影との交戦が始まった。

動きを少し見ただけでわかるが、彼女たちは劣勢もいいところだ。

まともにやれてるのはナターシャだけで、エリスもアカネもボコボコにされている。

そして、すぐにエリスがまた悲鳴をあげた。

影に殴り飛ばされ、その場に倒れこんだところだった。

ナターシャが助けに入ろうとするが、彼女も手一杯《ていっぱい》の様子で対応できそうもない。

そして影がエリスの頭を潰すべく大きく足を振り上げて……まずい、このままではエリスが殺される！

「よそ見をしている暇はないと思いますが？」

方天画戟の重たい一撃を、何とかミスリルソードで受ける。

くっそ……！

俺もすぐに助けに入りたいが、太公望を振り切ってまでの救援はできなさそうだ。

「クソ……クソっ……！」

これはまさかの展開だぞ。

こんなストレスフリー異世界転移お約束世界で、こんなストレス展開が来るなんて……っ！

横目でチラリとエリスの様子を窺《うかが》う。

うっし！　ナイスだ福次郎っ！

見ると福次郎夫妻が、影に頭を潰されそうになっていたエリスを横から空中に攫《さら》っていったんだ。

が、すぐに影が発動させた風魔法でエリスと福次郎夫妻は地面に叩き落とされた。

ああ、ダメだ！　このままじゃエリスたちはすぐに殺されちまう！

どうすりゃいい!?

どうすりゃエリスたちを救うことができる!?

と、そこで俺の頭の中で声が響き渡った。

――スキル：老師《ラオシー》が発動しました
――本当にお困りのようなのですので、提案に参りましたそういえばこのスキルって困った時に発動するんだっけ。
いや今まであんまり困ってない時にも出てきてた気もするけどな。
で、どうなんだ？　この状況を何とかできんのか？

――回答：親愛度ボーナスの使用を推奨《すいしょう》します

親愛度ボーナス？
それって……ひょっとして……？

――回答：当該システムは男性はヤればヤるほど強くなります
――度重なる夜の営みにより、プレイヤー：サトルの未使用親愛度ボーナスを一定量確認しています
――条件達成につき、プレイヤー：サトルを覚醒させますか？

覚醒!?　エリスたちもしてたけど、それって俺にもできるの!?

――ただし、覚醒の副作用としてプレイヤー：サトルの寿命が縮みます。

くっそ、少年漫画とかでよくある、力と引き換えに魂《たましい》よこせみたいなアレのことか？
だが、ここで迷うようなことは何一つない！
「応《こた》えはイエスだ！　命をかけて嫁を守るのが男ってもんだっ！」
そう答えると、俺の体が突然輝きだした。
お？　お？　おおお？
何かよくわからんが……み　な　ぎ　っ　て　き　た　ああああああ！
エリスとアカネも覚醒の時は叫んでいたが、その気持ちがよくわかる。
体中の細胞が歓喜《かんき》し、力に満ち溢《あふ》れ活性化していく。
最高にハイな気分で、これは叫ばずにはいられない！

——プレイヤー：サトルは覚醒しました
——なお、覚醒の代償としてプレイヤー：サトルの寿命が一日縮みました

代償えらい短いな⁉
ってか、やっぱりこの世界ってそういうノリじゃねえかっ！
てっきりシリアス展開になるかと思って損《そん》したぜっ！

——覚醒の恩恵としてスキル：アーマーブレイクを覚えました

ん？　アーマーブレイク？

なんだかよくわからんが、とにもかくにも今はエリスを助けるんだ！

「行かせませんっ！」

太公望が俺の眼前に立ちはだかる。

が、方天画戟の一撃をひらりとかわし、俺は地面を思いっきり蹴ってエリスへと向けて跳躍《ちょうやく》した。

「そんな……っ⁉　突然……スピードが上がったですって⁉」

そんな声を背中に受けながら、エリスと福次郎に襲いかかろうとしてた影に向けてミスリルソードを一閃《いっせん》。

「さすがです！　私の旦那様！」

真っ二つになってドサリと倒れた影を横目に、今度はアカネのところに跳躍する。

こちらの影も大上段から斬り下ろして、真っ二つにする。

「サトル殿——お見事っ！」

ナターシャは一人で任せて大丈夫そうだな。最初は互角《ごかく》だったが、今は優勢のようだ。

そうして最後に俺は太公望に向けて剣を構えて、ゆっくりと歩み寄る。

「このおおおおっ！」

雄叫《おたけ》びをあげながら、得物を大上段に構えた太公望がこちらに迫ってくる。

「エリス、アカネ！　下がっていろ！」

真上から振り下ろされる方天画戟をミスリルソードで受ける。

ガキンと空中で火花が散ったその時、太公望は両手で持っていた方天画戟から手を離した。

ズシンと音を立てて方天画戟が地面に落ちる。

どうして武器を手放したんだ？

予想外の行動に一瞬だけ生じた俺の隙《すき》を、太公望は見逃さない。

そのまま太公望は右掌を突き出し、その掌が俺の腹に接触した。

「──仙術奥義：四神発勁《ししんはっけい》っ！」

腹から背中に、物凄い衝撃が駆け抜けていく。

「くっ……」

「この技は一撃必殺にして私の最強の奥義です。これを食らって生きている生物など存在しません」

「くっ……」

「ふふ、そうなのです。この技は一撃必殺。これを食らって生きているものなどいないのです」

「確かに凄い技だ。こんなに痛いのは……柱の角に足の小指をぶつけた時以来だ」

「……そうなのです。この技は一撃必殺。これを食らって柱の角に小指……え？　柱の角？」

うん。

確かに俺は、柱の角に足の指をぶつけたくらいのダメージを受けた。

その証拠に、事実として俺はちょっと涙目になってる。

「そ、そんな……何かの間違いですっ！」

そう言いながら、太公望は俺に向けて拳を握り、物凄い勢いで連打を仕掛けてきた。


――刻み突き。

――猿臂《えんぴ》。

――右下段蹴り。

――左フック。


「ぬおりゃあああああっ！」


――垂直蹴り上げ。

――踵《かかと》落とし。

——弧爪《こそう》。

——垂直蹴り上げ。

——踵落とし。

——弧爪。

——くるりと回って裏拳《バックブロー》。


なんか滅茶苦茶殴られてるけどあんまし痛くないな。

いや、痛いのは痛いよ？　例えるなら三歳児のグルグルパンチの猛攻を受けてる感じの痛さかな。

ってか、どうすっかな？

覚醒のおかげで力量差も凄いみたいだし、サクっとアゴを殴って失神させるか？

あー、でもなー。

女の子殴るのはさすがにまずいよな。

何て言うか、俺の精神衛生的にさ。やっぱそういうのは良くないよ。そもそも太公望は操られてるだけだしな。

——スキル：老師が発動しました

——お困りなら、是非ともアーマーブレイクを発動しましょう

アーマーブレイク？

それなら太公望を傷つけない感じで何とかなるのか？


——回答：この場合はアーマーブレイクが最適解です

良し、わかった。

どうすりゃアーマーブレイクを使えるんだ？


——右手を突き出して「アーマーブレイク」と言葉を発しましょう

ってことで、俺は言われた通りに右手を突き出した。

「アーマーブレイク！」

俺の手から光が迸《ほとばし》った。

「何ですか……この光は!?」

太公望の体が光に包まれる。

で、魔法少女とかセーラー○ーンとかの変身シーンの逆再生のような状態になって、最終的には太公望の服が消えたんだ。

つまりは全裸《ぜんら》。

全てが丸出しになったわけだ。

と、そこで太公望のレイプ目に光が戻り、彼女は一瞬だけ小首を傾げる。

そうして、彼女は自分が全裸であることを理解して——

「いやーん」

と、胸と股間を両手で隠して、その場で顔を真っ赤にしたのだ。

「見ないで！　裸《はだか》を見ないで！」

いや、何かめっちゃ恥ずかしがってる感じだけどさ。

でも、あんた普段からオッパイ丸出しだよね？

まあ、そこを突っ込んでも仕方ないか。だってここはエロゲ世界だからな。


俺たちは激戦を制して太公望を正気に戻した。

で、なんやかんやあって、元凶のヤマカワはエラいことになった。

経緯を説明すると操られていた太公望がブチ切れて、ヤマカワに全力で闘仙術を使ったんだよな。

エリス曰く「細胞の欠片《かけら》まで燃え尽きましたよ、旦那様」

アカネ曰く「ヤマカワは黄泉《よみ》の国の住人になりました」

ナターシャ曰く「完全消滅だったね」

と、そういうことだ。

何て言うかまあとにかく凄かったな。

まず太公望がアッパーカットでヤマカワを数百メートル上空に吹き飛ばして、次いで空に向けて両掌《かか》を掲げたんだ。

すると、ヤサイっぽい名前の異星人たちが金髪の超人になって戦う、国民的少年漫画に出てきそうなビームが太公望の掌から放たれた。

っていうか、そのまんまベ○ータのファイナ○フラッシュっぽい技だった。

と、そんな感じでヤマカワは破壊光線に呑まれて、完全消滅したという次第《しだい》だ。

スキル・老師も「死亡確認」と言ってたので、間違いないだろう。

ちなみに、一万人の軍隊については太公望を操ったヤマカワの武力を盾《たて》に従わされただけだったので即時解散となって王国に戻っていった。

その日の晩。

『全然無理じゃない展開の気がするよ』

とは、ナターシャを始めとする嫁たちの総意で、その日は俺一人で寝ることになった。

っていうか、強い嫁が増えるのは彼女たちもやぶさかではないらしく、むしろ歓迎ということらしい。

これまでの流れから俺も恐らくはそんなことになるんだろうな……。と、そういう予感と共に一人でベッドで寝ていたんだ。

部屋のドアが開く音と共に、俺は『来たか……』と、ゴクリと息を呑んだ。

太公望は無言でベッドに座り、こちらに声をかけてきた。

「サトルさん」

「はい、何でしょうか？」

「私は……仙界の掟《おきて》に従わなければなりません」

「仙界の掟？」

「仙人は肌を見られたら結婚しなくてはならないのです」

なるほど、お前もアカネと同じパターンか。

「でも、俺たちはさっきまで戦ってたんだぜ？」

俺の言葉に太公望はクスリと笑った。

「愛情は時と場所を選びませんので」

まあ、そりゃあそうだな。

「それに仙人とは、武の求道者でもあります。強き者に惹《ひ》かれるのは道理なのです」

なるほど、つまりは太公望も強き種理論の信者ってことか。

っていうか、俺は今のところこの世界で強き種理論の信者にしか出会ってないが、大丈夫なのかこの世界は。

「突然の申し出で、不躾《ぶしつけ》なことは承知しております。けれど私は貴方を生涯《しょうがい》の夫と見定めたのです。こんな私は無理でしょうか？」

「全然無理じゃないです」

そして――。

俺は床上手《とこじょうず》で有名な太公望と、ベッドの仙界ツアーを行ったわけだ。

ちなみに太公望が床上手なのは耳年増《みみどしま》的な知識偏重《へんちょう》&技術的なセルフトレーニングの賜物《たまもの》であり、俗に言う耳だけエロ孔明《こうめい》状態にすぎなかった。

つまりは、処女だった。

と、まあ、そんなこんなで俺に新たな嫁が増えたのだった。

# エピローグ

「あー……疲れたなー」

日課の農作業を終えて、原っぱに仰向《あおむ》けに寝転んで、一人で日向《ひなた》ぼっこをしていた。

ポカポカな陽気。

青い空。

流れる雲。

そして、ゆるやかに吹く風。

ブラック企業に勤めていた頃には、電車から見える緑や空が美しいことになんか気づきもしなかったけど、今は素直に綺麗《きれい》だと思える。

これはやっぱり、俺が心身ともに満たされて、その上で余裕ある生活を送ってるからだろうな。

あくせく働いて、ぶっ倒れそうになるギリギリまで働いて……。

心の余裕もなくて、すぐそこにある当たり前の自然の美しさにも気づかない状況だった。

まあ、そう考えると異世界転移してきて良かったと心底《しんそこ》思う。

しかし、一つだけ俺には不満があるのだ。

「ぶっちゃけ、しんどい……性的な意味で」

性欲旺盛《おうせい》な嫁たち。

隙《すき》あらば俺の種《たね》を貰《もら》おうとする、猫耳族の若い娘たち。

これってある意味ブラック企業だよな？

けど、まあ青い空が綺麗だって思えるから日本にいたころよりは全然良いんだろう。

でも、まあ、それでもやっぱりしんどいのは事実なわけで。

「しかし夜は本当に疲れるな。特にモフモフランドがなァ……」

一時期と違って、辻斬《つじぎ》り的に逆レイプされることはなくなったのでマシとはいえども、人数が人数だ。

「さて、帰ってビールでも飲むか」

昼下がりからビールを飲める生活ってだけで、俺は今の境遇に感謝するべきなんだろう。

女とやりまくって体がもたないってのも贅沢《ぜいたく》な悩み以外の何物でもないしな。

今、俺は嫁に囲まれて幸せだ。

その事実に感謝しつつ、俺は農作業を切り上げたのだった。

で、その日の晩。

俺と太公望《たいこうぼう》とナターシャとエリスとアカネはキングサイズのベッドで五人で寝てたんだよな。

それでいつもどおりに「いざ開戦」となろうとしたんだけど――。

「サトル様――！　私たちも種が欲しいんです――！」

ドアを開いてやってきたのは、サテュロスの里の若い女が五名ほど。

「この森最強の殿方《とのがた》の種をお恵みください！　猫耳族は貰っているのに不公平ですよ！」

大体の事情はわかった。

しかしこの大森林の強き種の信仰には本当に恐れ入る。

「よし。そういうことならかかってこい！」

見たところ、サテュロスの女の数は五人程度で、エリスたちを含めても十人に満たない。

モフモフランドの日は十人を相手にしている俺なので、この程度ならなんとかなる。

と、そこで更《さら》に猫耳族たちが部屋に乱入してきた。

「サテュロスに種を授けるなら、私たちも欲しいんです――！」

まずい……新手《あらて》が五人現れたぞ？

「私も私も――！」

いかん、更に人数が増えている！

「卵にも精子かけてほしいんですよー♪」

妖精さんまでやってきて収拾がつかない。

いつの間にやら俺の部屋に五十人以上の女性陣が入ってきていて、この状況はカオス以外の何物でもない。

「旦那様。みんなを抱くなら私たちもちゃんと抱いてくださいね」

エリスを筆頭に正妻たちにもスイッチが入ったようだ。

「青ざめた顔してどうしたんだいキミ？　ひょっとして、さすがのキミでもこの人数は無理なのかな？」

ナターシャの問いかけに俺はしばし押し黙る。

そうして、素直な気持ちと共にこう言ったのだ。

「全然無理じゃないです」

と、まあそんなこんなで俺の異世界スローライフはこれからも続いていくのだった。

# あとがき

「コミック版と全然違うやないかい！」

と、そんな風に思った読者様もいると思います。

著者的にはどっちにも面白《おもしろ》さがあると思ってて、実際に両方のシナリオやセリフ回しを考えてるのは著者なのですが、まあ……全然違うよなと（笑）

どうしてこうなっているかというと、元々小説版はネット小説読者を意識して、異世界系のお約束やスローライフ系の要素なんかを強く取り入れているんですよね。

で、本作は最初にコミック版の連載が決まりまして、この経緯《いきさつ》が「ネット小説を経由していない」という特殊な作品になります。

担当氏と知り合ってから「じゃあ一緒に漫画作ってみます？（この時点でもう特殊です）」となりまして、コミックの脚本書こうと思った時にそういえばネットに設定面白い作品上げてたなーと。

それで一回ネット読者ウケは横に置いといて、ギャグマンガとして面白いものを、というコンセプトで作ってみようということで、コミック版は「チンコソードとか乳首パッチンとかまんこっくりさんとか」あんな感じになってたりします。

著者の白石《しらいし》は異世界系で色々と出しているんですが、コミック版はギャグマンガというコンセプトなので、それはもう白石の中では異質中の異質の作品で……だからこそ逆に一部からは白石新《あらた》の最高傑作と言われていたり。

と、ここで何が言いたいかと言いますと……。

「ここまで違うと言うのだから一体どれくらい違うのかコミック版も読んでみてやろうか」と、そういう風に思ってくだされればありがたいなと（笑）

小説版の２巻が出るかどうかは売り上げ次第《しだい》なのですが、もしも２巻が出るなら、小説版の良さはそのままにコミック版の設定やテイストも色々と取り入れていきたいなと思っています。


それでは最後に謝辞《しゃじ》です。

イラスト担当のタジマ粒子《りゅうし》様。美麗かつセクシーなイラストの数々で彩《いろど》ってくださってありがとうございます！

担当編集様。色々と特殊なこの作品を形にしてくださってありがとうございました！

そして何より読者の皆様方に……ありがとうございました！

白石　新

ダッシュエックス文庫

# エロゲの世界でスローライフ
～一緒に異世界転移してきたヤリサーの大学生たちに追放されたので、
辺境で無敵になって真のヒロインたちとヨロシクやります～

白石 新

2023年11月29日 第1刷発行

★定価はカバーに表示してあります

発行者 瓶子吉久
発行所 株式会社 集英社
〒101−8050 東京都千代田区一ツ橋2−5−10
03(3230)6229(編集)
03(3230)6393(販売／書店専用) 03(3230)6080(読者係)
印刷所 大日本印刷株式会社



ISBN978-4-08-631530-2 C0193

おバカにえっちな
あ…
あれは…
本来はこうやって所有する武器のひとつに
チンコの力を授けるものなのです
スローハーレム性活!!
んほぉ
お
お
あ
あ
あ
お前も…なのか ブルータス…!
毎晩お楽しみのようです♥
ニコニコ漫画 水曜日はまったり ダッシュエックスコミック で
大好評連載中!!
最新話はこちら!!▶
YJ ヤンジャン YJC
▶コミックス第2巻は2023年、
※2023年11月時点の情報です
12月19日発売!!

マンガでも
エロゲの世界でスローライフ
～一緒に異世界転移してきたヤリサーの大学生たちに追放されたので、辺境で無敵になって真のヒロインたちとヨロシクやります～
1
Slow Life in the World of Eroge
[原作]白石新 [漫画]ツタロー
コミックス①巻大好評発売中!!